LUNA LLENA

AKI SHIMAZAKI
LUNA LLENA

Traducción de Javier Albiñana

MAXI
TUSQUETS
EDITORES

Título original: *Sémi*

1.ª edición en colección Andanzas: febrero de 2022
1.ª edición en colección Maxi: enero de 2025

Adaptación de la cubierta: Maxi Tusquets / Área Editorial Grupo Planeta

Ilustración de la cubierta: © Sandra Rilova

Fotografía de la autora: © DR

© de la traducción, Javier Albiñana Serain, 2022

Diseño de la colección: FERRATERCAMPINSMORALES

Reservados todos los derechos de esta edición para
Tusquets Editores, S. A. - Avda. Diagonal, 662-664. 08034 Barcelona
www.maxitusquets.com

ISBN: 978-84-1107-554-1
Depósito legal: B. 20.144-2024
Impresión y encuadernación: Liberdúplex
Printed in Spain - Impreso en España

Luna llena

Me despierto con el bullicio de los gorriones. Durante un instante me pregunto dónde estoy. ¿En nuestra casa? Echo una ojeada hacia el ventanal entreabierto. Al instante reconozco nuestra habitación en la residencia para la tercera edad en la que vivimos.

La cama de Fujiko está vacía. La manta de verano y la sábana están arrugadas, la almohada y el cojín no están bien colocados. Debe de estar en el cuarto de baño. El reloj de pared marca las siete menos cinco. Me sorprendo. Habitualmente, mi mujer no se despierta antes de las ocho. Aprovechando el frescor de la mañana, daremos un paseo antes de desayunar.

Tumbado en la cama, observo los muebles que trajimos de casa: un sofá, un sillón, la mesa redonda, unas sillas, mi escritorio, el tocador de

Fujiko... Son antiguos pero de buena calidad. Las camas las compramos durante la mudanza. Fue idea de Fujiko tener dos camas individuales en vez de una doble.

En un rincón hay un fregadero y dos armarios. Hemos instalado una neverita, un microondas y un hervidor eléctrico. Para comer, bajamos al comedor de la residencia. La comida es equilibrada y deliciosa. Raras veces vamos a un restaurante. Disponemos de nuestro propio cuarto de baño. A decir verdad, vivimos como en una suite de hotel.

Llevamos aquí seis años. Este establecimiento tiene como divisa: «Cuidados de por vida con respeto». Aunque sea privado, no es muy caro y nuestras pensiones lo cubren. El personal es excelente. Organizan actividades culturales y deportivas. Se respira un ambiente muy agradable. La lista de espera para entrar es larga, por supuesto. Estamos muy satisfechos, y en ningún momento hemos pensado mudarnos a otro sitio.

Mi esposa padece de alzhéimer. No reconoce ya a nuestros nietos y confunde a la menor de nuestras hijas, Anzu, con la primogénita, Kyōko, que murió de cáncer hace cinco años. Por fortuna, a mí todavía me reconoce y sigue llamándome «cariño». No le resultan dificultosas las actividades diarias, tales como comer, ir al servicio o darse un baño. Puedo mantener con ella conversaciones sencillas y cotidianas.

Lo cierto es que pusimos empeño en vivir el mayor tiempo posible en casa. Cuando nuestro hijo, Nobuki, se casó, diez años atrás, pensábamos que él y su mujer vendrían a vivir con nosotros, como nosotros habíamos hecho con mis padres. En ese caso, Nobuki habría heredado la casa. Sin embargo, la joven pareja alquiló un piso y posteriormente compró una casa en las afueras. Cosas de la nueva generación. Nos quedamos muy decepcionados, sobre todo Fujiko, que ansiaba cuidar de nuestros nietos, como había hecho mi madre.

En cambio, Nobuki no escatimó esfuerzos para encontrar esta residencia en cuanto su madre dio ligeros signos de demencia. Cuando nos trajo aquí para mostrarnos el lugar, nos dejó sumamente impresionados el experimentado y respetuoso personal. Decidimos quedarnos a vivir aquí, aunque lamentamos abandonar nuestra casa.

Dos años después de nuestra mudanza, nuestra hija Anzu y su marido compraron nuestra antigua morada. Era el segundo matrimonio de Anzu, que tiene un hijo del primero. De hecho, su marido actual había sido novio de Kyōko. Ésta falleció al poco de dar a luz a una hija. Anzu adoptó al bebé al casarse. Así pues, su familia consta de cuatro personas. A la pareja le encanta esa casa.

Mis hijos nos visitan regularmente. En ocasiones, Anzu sale a pasear con su madre para que yo pueda tener ratos libres. Nobuki organiza fiestas en su casa, y allí vemos a nuestros cuatro nietos. Está bien así, al fin y al cabo. De este modo no somos ninguna carga para nadie.

Entra una brisa por la ventana. Jiii..., jiii..., cha..., cha..., cha...

Es una *kuma-zemi*.* Según mi mujer, las cigarras de esa clase cantan solamente por las mañanas. No sé gran cosa de esos insectos, pero ella distingue el nombre de cada especie con sólo oír su canto. Resulta asombroso que recuerde unos detalles tan precisos aprendidos durante su infancia.

Son las siete y veinte, ¿es posible que Fujiko siga en el baño? Bajo de mi cama lentamente y me acerco al cuarto de baño. Llamo a la puerta:

—¿Todo bien, Fujiko?

No hay respuesta. Empujo suavemente la puerta, que se abre; no está cerrada por dentro. Fujiko no está. Vuelvo hacia su cama y compruebo que

* El significado de las palabras en cursiva se explica en el glosario situado al final de la novela, págs. 167-168.

su camisón no está en el lugar habitual, y tampoco el chal de verano que se pone cuando está encendido el aire acondicionado. ¿Habrá salido al balcón? Me acerco al ventanal de puertas correderas y aparto las cortinas. Tampoco está allí.

Miro en la consola que está junto a la puerta de entrada. No hay nada encima. Cuando sale, suele depositar una de las tarjetas plastificadas que utilizamos para indicar dónde estamos: «ESTOY EN EL SALÓN», «ESTOY EN LA SALA DE ESTAR» o «ESTOY EN EL JARDÍN». La cesta de costura de mimbre que lleva siempre consigo está en su tocador. Pero ¿dónde está ella? De pronto cruza por mi mente la palabra «fuga». Exclamo:

—¡No es posible!

Me visto a toda prisa y salgo de la habitación.

—¡Buenos días, señor Niré!

Me cruzo en el pasillo con el señor y la señora B., unos nuevos residentes que se alojan en la misma planta que nosotros. La mujer camina con ayuda de un bastón, pues está mal de la vista. Nos saludamos amistosamente. El marido me dice:

—Acabamos de tomar el desayuno. Estaba delicioso, como de costumbre. ¿Ha desayunado ya?

—No, todavía no. Antes tengo que encontrar a mi mujer.

—¿La señora Niré? La he visto hace un rato, en la planta baja.

La pareja está al tanto de la enfermedad de mi mujer. Tranquilizado, me digo que Fujiko sencillamente se habrá olvidado de dejarme la tarjeta que indica adónde ha ido. El señor B. añade:

—Está hablando con un empleado delante de la oficina de personal.

—¿Ah, sí?

La señora B. alza la cabeza hacia mí. Unas gafas oscuras le ocultan los ojos. Me sonríe:

—Me he enterado de que su nieta cantará esta tarde. Por supuesto, iremos a oírla.

—Son ustedes muy amables.

Se refiere al concierto que la residencia organiza una vez al mes en la sala de actos. Nuestra nieta Suzuko actuó ya el año pasado. Estuvo encantadora. Su actuación agradó a todo el mundo. Es hija de nuestra hija mayor, la que falleció. Anuncio orgulloso a la pareja:

—Hoy cantará unos *natsumero*.

Mi vecino exclama:

—¡Ah, es una idea excelente! Las antiguas melodías japonesas reactivarán la parte dormida de nuestra memoria.

—Desde luego. Es el efecto que espero que ejerzan en mi mujer.

—Señor Niré, nos gusta mucho la música, sobre todo la clásica: Bach, Mozart, Chopin...

Mientras el señor B. sigue hablando con su habitual buen humor, yo acecho el regreso de

Fujiko. Pero no aparece. Me despido del matrimonio. Al dirigirme hacia los ascensores, me pregunto qué estaría contándole mi mujer al empleado.

Cuando llego a la oficina del personal, en la planta baja, un joven empleado me saluda:

—Buenos días, señor Niré. ¿Busca a su mujer?

—Sí. ¿Sabe dónde está?

—Está desayunando.

Me sorprendo.

—¿Sin mí?

—La enfermera Y. está con ella. No se preocupe.

Y. es una de las enfermeras que trabajan en la residencia. Anda por los cuarenta. Inteligente, sensata, simpática, se ha ganado el respeto de todo el mundo. Fujiko confía ciegamente en ella.

—Ah, pues me reuniré con ellas en el comedor.

—No, señor Niré, es mejor que se quede aquí. La enfermera Y. vendrá a hablar con usted.

—¿Por qué?

—Ella se lo explicará.

El empleado me invita a sentarme en un sofá que recorre la pared, y sale de la oficina. ¿Qué sucede? Tomo el periódico del día que han dejado en una mesa baja. Intento leer un artículo de política, pero no me entero de lo que leo.

Transcurren diez minutos. Por fin aparece la enfermera. Me dirige un saludo matinal con una amplia sonrisa. Eso me tranquiliza, pero le pregunto:

—¿Algún problema?

—La señora Niré está bien. ¿Podría acompañarme a la sala de reuniones, aquí al lado?

Sin esperar mi respuesta, sale de la oficina. Yo la sigo, desconcertado.

Nos acomodamos ante la gran mesa redonda. Ella toma la palabra y me habla con voz calma:

—Su mujer ha salido sin avisarle, ¿no es así?

—Sí, temía que se hubiera fugado, y si es la primera vez...

—No, no es nada de eso.

Aliviado, pregunto:

—¿Está enfadada conmigo?

—¡No, en absoluto!

—Entonces, ¿qué ocurre?

La enfermera Y. calla un momento y después relata:

—Al despertar, la señora Niré se ha quedado perpleja al verle a usted acostado en «su» habitación.

—¿Cómo? ¿Fujiko no me ha reconocido? —exclamo, estupefacto.

—Exacto. Inmediatamente ha bajado a buscarme y me ha dicho: «¡Dios mío, hay un desconocido durmiendo en la otra cama!».

Me tiembla la voz:

—¿Hasta ese punto ha perdido la lucidez?

—Eso parece, por lo menos de momento.

—¿Y, sin embargo, se acuerda de usted?

—Sí.

—Resulta humillante... —mascullo.

La enfermera me da ánimos:

—Mírelo del lado bueno, señor Niré. Su mujer ha sido capaz de acudir sola a la oficina para advertirme de esa anomalía en su habitación.

La palabra «anomalía» me da risa.

—¿Qué le ha contestado usted?

—Naturalmente, le he dicho: «Pero si es su marido». Ella lo ha negado en el acto: «¡Eso es imposible! Yo no estoy casada».

Me quedo boquiabierto. La enfermera Y. prosigue:

—No le he llevado la contraria: «Ah, es verdad, usted todavía está soltera. Ese hombre es su futuro marido, y se llama Tetsuo Niré».

—¿Cómo ha reaccionado?

—Me ha preguntado: «¿Es ese señor al que he conocido por *miai*?». Así que he asentido: «Sí, claro, su novio». Y por fin se ha calmado.

Comento irónicamente:

—Muy amable por su parte aceptarme como futuro marido.

La enfermera Y. añade:

—Su estado de confusión puede evolucionar de un día para otro, pero hay que escucharla con paciencia y no llevarle la contraria.

Yo suspiro:

—No me creo capaz de convertirme en un buen actor.

—Escuche, señor Niré. Decir la verdad es perjudicial en estos casos.

Guardo silencio. Y. prosigue:

—El problema es que, al no estar aún casada, no se hace a la idea de dormir en la misma habitación que usted. Insiste en tener su propio cuarto.

Miro a la enfermera con estupor:

—¿Qué me está contando ahora?

—No debe extrañarse. Recientemente, en casa de una pareja en la misma situación que usted, una mujer le preguntó a su marido quién era. Él le contestó a gritos: «¡Estás loca! ¡Llevamos sesenta años casados!». Y ella, furiosa, lo echó de la habitación y cerró la puerta con llave. El marido no tenía que haber reaccionado así.

—Santo cielo... ¿Qué pasó luego?

—El marido tuvo que abandonar la residencia.

—¿Dónde está ahora?

—Vive fuera, en un apartamento, porque el matrimonio ya había vendido su casa.

Yo tampoco tendría un techo bajo el que dormir. Me siento perdido.

—¿Voy a tener que alquilar otra habitación para mí?

—No forzosamente. De todas formas, no es posible: todas nuestras habitaciones están ocupadas y la lista de espera es larga.

—¿Qué debería hacer entonces?

La enfermera Y. responde sin titubear:

—Muy sencillo. Sugiero que, por el momento, separemos sus dos camas con biombos. Lo he hablado hace un rato con su mujer y la idea le parecía bien.

—¿Biombos entre nuestras camas?

—Sí. Así lo hicimos con otro matrimonio y funcionó.

—Es inaudito.

Me callo. Tras un momento de silencio, la enfermera añade:

—Por cierto, su novia me ha corregido: «Yo no soy la señora Niré. Mi nombre es Fujiko Kajiyama». Así que ahora la llamo Fujiko-*san* o Kajiyama-*san*.

—Se acuerda de su apellido de soltera... —musitó.

Me siento tan abatido que he perdido el apetito. Renuncio al desayuno y salgo de la residencia para calmarme.

Deambulo por las calles. Ahora, la enfermera Y. y sus ayudantes están instalando biombos entre nuestras camas. Fujiko se encarga de dirigirlos. Todavía no he hablado con ella. Hace unos instantes, la enfermera ha repetido para levantarme el ánimo: «Señor Niré, tiene usted suerte. Para su mujer no es un desconocido. Al contrario, es usted su novio. Es romántico». ¡Qué optimismo! Incluso se burló de mí, alborozada: «¡Cualquier día de éstos celebramos sus esponsales!». Pero yo no estaba para risas.

Al caminar, voy mascullando:

—Fujiko-*san*, Fujiko-*san*...

Antes de casarnos, nos hablábamos de usted y

nos llamábamos Fujiko-*san* y Tetsuo-*san*. Después, claro está, pasamos al tuteo. Yo la llamaba Fujiko y ella a mí «cariño». Posteriormente, desde el nacimiento de nuestro hijo, «Fujiko» y «cariño» pasaron a ser «mamá» y «papá». Y ahora henos aquí devueltos a nuestra época de noviazgo. Me incomoda sobremanera la idea de volver a llamarla de usted.

El sol pega fuerte. Se me ha olvidado el sombrero. Me interno en el parque al que solemos ir. Aquí pasamos tranquilamente las tardes, yo leyendo y ella haciendo ganchillo.

Me siento en un banco a la sombra de un gran olmo. Ante mí hay un estanque con una fuente. Chiii..., chiii..., chiii... Una cigarra canta, pero lo hace de manera muy diferente a la de esta mañana. Es una *nīnī-zemi*. Ese nombre me lo enseñó también Fujiko.

Dos patos nadan juntos. Observándolos, pienso en la época en que Fujiko comenzó a manifestar los primeros síntomas de alzhéimer. Un día me preguntó, alarmada: «¿Qué me está pasando, cariño?».

Tres años antes de jubilarme, ya fallecidos mis padres, nuestro hijo Nobuki concluyó sus estudios y se mudó a un piso. Fujiko y yo nos quedamos solos en casa. Por entonces empezó a olvidar cosas. Aquello progresó lentamente, y sin causar demasiados trastornos en la vida diaria. Después, tras cumplir los setenta, la situación bruscamente empeoró. Me veía obligado a vigilarla sin cesar, sobre todo cuando cocinaba: a menudo se dejaba el gas abierto.

Presionados por Nobuki, acabamos trasladándonos a la residencia.

Pasado un año, murió nuestra hija mayor, Kyōko. Tras esa tragedia, el estado de Fujiko se deterioró rápidamente. Al principio empezó a no reconocer a nuestras amistades y a nuestros vecinos, luego a nuestros nietos. Por último, dio en confundir a nuestra hija Anzu con su hermana mayor.

Me veía preparado para que, llegado un día, Fujiko no me reconociese, pero no me imaginaba volviendo a ser su novio. ¿Ha perdido realmente todo recuerdo de nuestro matrimonio?

Los dos patos siguen nadando, siempre juntos. Mientras los contemplo me remonto más allá en el pasado.

Yo vivía en casa de mis padres. Un día, me enseñaron una foto de una joven llamada Fujiko Kajiyama. Era un *miai*, propuesto por una pareja a la que yo conocía bien. La muchacha tenía mi edad, veintisiete años. En la foto me parecía dulce y simpática. Procedía de la prefectura de Shizuoka. Tras acabar el instituto, había venido aquí, a Yonago, y trabajaba en una biblioteca. Sus pasatiempos favoritos eran leer y hacer punto. Se le daban bien el *soroban* y el cálculo mental. «Es una persona honesta y fiable», me repetía la pareja.

A Fujiko Kajiyama ya le habían dicho que yo era hijo único y que mi futura esposa y yo viviríamos con mis padres. Acepté conocerla. A primera vista, intuí que sería una buena madre. Al día siguiente envié una respuesta afirmativa a la pareja, y al poco, recibí la suya.

Tengo un recuerdo muy claro de sus palabras en nuestra primera cita.

«Desde mi pueblo natal se ve el monte Fuji. De niña, me enorgullecía vivir en semejante lugar. Pero, ya en el instituto, deseé conocer otros horizontes. Un verano viajé sola a la región del San'in. Me fascinaron los paisajes dinámicos de Yonago: el monte Daisen, que se parecía mucho al monte Fuji, el mar de Japón, la gran playa. En cuanto acabé el instituto decidí instalarme en esta ciudad.»

Nuestra vida conyugal comenzó gratamente. Fujiko se llevaba bien con mis padres. Muy pronto se quedó embarazada y todo el mundo lo celebró. Pero, ay, sufrió un aborto, y otro el año siguiente. Aquello la entristeció mucho y casi perdió la esperanza. Por fortuna, cinco años después de nuestra boda, alumbró por fin a nuestra primera hija, Kyōko. Dos años más tarde nació Anzu. Y otros cinco años después, Nobuki.

La pareja de patos sube al césped. La hembra se lava enérgicamente y el macho mira alrededor. Chiii..., chiii..., chiii... La cigarra estridula sin cesar. La escucho unos instantes con los ojos cerrados.

Hemos vivido juntos durante casi medio siglo sin crisis conyugales ni familiares. Hemos compartido la alegría de educar a los hijos, pero también el pesar de los abortos y de la muerte de nuestra hija mayor. Al tiempo que cuidaba de nuestros hijos, Fujiko se llevaba a las mil maravillas con mis padres. Su abnegación para con la familia fue, en efecto, ejemplar. Ahora que está enferma, me corresponde cuidar de ella. Suceda lo que suceda, siempre será mi mujer. Debo protegerla. Ella me ha sido fiel y lo será también con su «futuro» marido.

Los dos patos deambulan juntos por el césped y se alejan. Consulto el reloj. Son las doce menos veinte. Estoy mucho más calmado.

Me levanto y me dirijo hacia la residencia. Espero que mi novia consienta en comer conmigo. Mientras camino, voy practicando:

—Fujiko-*san*, Fujiko-*san*, Fujiko-*san*...

Paso a la oficina de personal. La enfermera Y. me saluda:

—Señor Niré, su novia le espera en el salón.

—Gracias, enfermera Y. ¿Están instalados los biombos?

—Sí. Su mujer ha quedado satisfecha con ese arreglo.

—Discúlpenos por las molestias.

—¡No es ninguna molestia! Nos complace que cada residente se encuentre a gusto.

Para mis adentros, agradezco de nuevo a Nobuki que, tras largas búsquedas, diera con este lugar. La enfermera Y. me sonríe:

—¿Así que está dispuesto a llamarla Fujiko-*san*?

—¡Sí, señora! —contesto cual colegial a su maestra.

Hablamos de mi nieta, que cantará esta tarde.

Vendrá con sus padres y con la directora de su parvulario, que la acompañará al piano. La enfermera me aconseja que, antes de que se vean con Fujiko, les explique nuestra nueva situación. De modo que telefoneo enseguida a Anzu, que se guasea: «¿O sea que ahora sois novios? ¡Qué romántico, papá! Espero que sepamos interpretar nuestro papel».

Entro en el salón. No hay nadie salvo Fujiko, que se ha sentado en una butaca. Hace ganchillo, inclinada. Su mano se mueve lentamente. Veo que está tejiendo un cuadrado verde, muy sencillo. No puede tejer piezas sofisticadas, pero sí realizar esa operación repetitiva. Desde hace un tiempo utiliza tan sólo el ganchillo, y ya ha desechado las agujas de tricotar.

—Hola, Fujiko-*san*.

Alza los ojos:

—¡Ah, Tetsuo-*san!* ¿Cómo está?

Nos llamamos de usted como en la época de nuestro noviazgo. Me alivia ver que está tranquila, y le contesto:

—Muy bien. ¿Y usted?

—Gracias, muy bien también. Mire, esta mañana he hecho ya seis cuadrados.

—¿Tantos? —me admiro.

Alborozada, me los enseña con orgullo. Examino los motivos principales, de colores variopintos. Rojo, amarillo, azul, rosa, blanco, verde. Son bonitos, pero su punto es mucho menos regular que antes. Eso me encoge el corazón. ¿Qué piensa hacer con esos cuadrados? Le sugiero con tono alentador:

—Imagino que tendrá hambre. ¡Vayamos a comer!

—Con mucho gusto, Tetsuo-*san*.

Guarda cuidadosamente en su cesta los ovillos de lana, el ganchillo y los cuadrados tejidos. Al levantarse me dice:

—Debo subir a mi habitación a guardar la cesta de costura.

—¿Quiere que la espere aquí o la acompaño?

—Venga conmigo, Tetsuo-*san*. Así verá los biombos. Como todavía no estamos casados, los hemos puesto entre nuestras camas.

Sorprendido por su franqueza, le contesto:

—Sí, muy bien.

Fujiko sale del salón y la sigo. Camina lentamente pero con ritmo bastante regular. Entramos en uno de los ascensores y ella misma pulsa el botón de nuestra planta. Estoy intrigado: ha dejado de reconocerme como marido, pero se acuerda aún de la planta en la que vivimos. ¿Cómo funciona su cerebro?

Llegamos ante nuestra habitación. Abre la puerta con su llave y me invita:

—Pase, Tetsuo-*san*.

Le doy las gracias conteniendo una sonrisa. Desde el umbral, se ven enseguida los biombos blancos. Hay tres, dispuestos en forma de L: dos separan nuestras camas, y el tercero está colocado al pie de la cama de Fujiko, delimitando así un pequeño espacio privado con su tocador y su ropero. Miro mi lado. Han desplazado mi escritorio, que ahora se ha quedado entre mi cama y la ventana.

—¿Está contenta, Fujiko-*san*?

—Sí, muy contenta.

Deposita la cesta de labores en el tocador. Yo me acerco al ventanal que da acceso al balcón. El día sigue soleado. La llamo:

—Venga a ver. Hoy se distingue claramente el monte Daisen.

Avanza hacia mí y exclama:

—¡No, ese es el monte Fuji!

Desconcertado, no replico. Su semblante está serio. Me retracto:

—Ah, claro, es el monte Fuji.

Ella prosigue:

—En mi pueblo, había tres chicas que se llamaban igual que yo, con los mismos *kanji*. Niña del monte Fuji.

Es una historia que ella les contaba a nuestros hijos.

—No me extraña... —digo en un susurro.

Contemplamos en silencio la montaña, ahora sin nieve en la cima. Fujiko permanece inmóvil. Contemplo su perfil. Tiene la mirada fija en ese paisaje que conozco desde mi más tierna infancia. Se vuelve hacia mí:

—Tengo hambre. ¿Vamos?

Entramos en el comedor.

Elijo una mesa retirada e invito a Fujiko a sentarse. Después voy a buscar nuestras bandejas. Hoy hay salmón a la plancha.

—Es mi plato preferido. Gracias, Tetsuo-*san*.

Mientras comemos, ella habla de las verduras que cultivan sus padres en el pueblo. Sin embargo, éstos fallecieron hace ya tiempo. La escucho sin interrumpirla. La enfermera nos ve y me hace una V con los dedos. Leo en sus labios: «¡Bravo, señor Niré!». Pese a mi incomodidad, me siento orgulloso como un niño.

Tras la comida, nos queda un rato antes del espectáculo musical en el que participará nuestra nieta. Propongo a Fujiko que demos un paseo por el parque público. Acepta, pero antes quiere ir a buscar su cesta de labores.

Volvemos a «nuestras habitaciones». Ella coge la cesta y yo una revista. Esta vez no me olvido del sombrero. Alargo a Fujiko su gorrito de tela, pero lo rechaza:

—No, ese no es mío.

Parece estar muy segura. Desconcertado, veo que revuelve en el armario.

—¡Ah, aquí está! —exclama sacando una vieja sombrilla rosa.

Es un regalo que le hizo su madre cuando abandonó el pueblo natal. Está totalmente descolorido.

Salimos. El sol pega fuerte, pero ahora sopla brisa. Es más agradable que por la mañana. En el parque, deambulamos en torno al estanque. Miiiiin, miin, miin... Las cigarras estridulan. Son *minmin-zemis*, cuyo nombre es fácil de recordar cuando se las oye.

Nos sentamos en un banco situado bajo un árbol. Ella sigue tejiendo su cuadrado verde. Yo leo la revista. Como es domingo, hay muchos paseantes, sobre todo jóvenes parejas. Observo el agua de la fuente, vivamente proyectada hacia lo alto. Una pareja de patos nada delante de nosotros. ¿Será la misma que la de la mañana? Siguiéndola con los ojos, intento recordar qué hacíamos los dos cuando éramos novios.

En esa época yo sólo estaba libre los domingos. A veces, Fujiko y yo salíamos en coche a visitar poblaciones vecinas. También pasábamos el rato en un café, o en un restaurante, e íbamos el cine. En cierta ocasión fuimos hasta las dunas de Tottori. Subimos a la cumbre del monte Daisen. Los *onigiri* que Fujiko preparó ese día estaban suculentos.

Ahora Fujiko hace ganchillo en silencio. Ya no puedo hablarle de aquellos recuerdos, tampoco de nuestros hijos. ¿Qué ha sido del medio siglo que ha durado nuestra vida juntos? Alzo los ojos al cielo, quizá para no pensar demasiado en el pasado. En un momento dado, Fujiko levanta la vista hacia los patos. ¿En qué pensará?

Consulto el reloj. Es hora de volver a la residencia para ver el espectáculo.

—Fujiko-*san,* esta tarde han organizado una actividad musical.

—¿Hay algo especial?

—Sí, va a cantar una niña de cinco años. Se llama Suzuko Miré. Presentará antiguas canciones de la era Shōwa.

Abre los ojos como platos:

—¿Antigua, la era Shōwa? ¡Pero si estamos en ella! Qué cosas dice, Tetsuo-*san.*

Estoy tan desconcertado que no sé qué decir. Comprendo que, en su mente, no estamos en la era Reiwa, que acaba de comenzar, ni siquiera en la era Heisei. Yo me corrijo:

—O sea, canciones que estaban de moda justo después de la guerra.

—¡Ahora lo entiendo un poco más!

—¿Le gustan esas canciones?

—Sí. Cuando yo era pequeña, mi madre tarareaba con frecuencia *La cordillera azul*.

Mal que me pese, le pregunto:

—¿Viven aún sus padres?

Me repite:

—Pero ¿qué cosas dice, Tetsuo-*san*? Si prácticamente acaba de verlos, cuando nuestro *miai*.

Le pido disculpas por mi «despiste». Eso la sosiega. Me levanto:

—El espectáculo está a punto de empezar. ¿Vamos?

Asiente con la cabeza y guarda sus bártulos en su cesta de labores.

Miiiin, miin, min... Las cigarras gritan sin parar. Fujiko camina balanceando su vieja sombrilla. Y tararea:

> *Semi, semi, semi,* ¿dónde te ocultas?
> Después de tantos años bajo tierra,
> sólo te quedan unas semanas al aire libre.
> ¿Acaso añoras tu largo pasado
> en la oscuridad?

Entramos en la sala donde se celebran estos espectáculos.

Casi todas las sillas están ya ocupadas. Entre residentes, sus familiares y empleados, hay un centenar de espectadores. Diviso a nuestros vecinos de planta, el señor y la señora B., sentados en el extremo izquierdo de la primera fila. Hacia el otro lado, a la derecha, descubro a nuestra hija Anzu y su marido. En cuanto nos ven, nos señalan con las manos dos asientos vacíos que hay detrás de ellos. Al acercarnos, mi hija saluda a su madre:

—Buenas tardes, Fujiko-*san*. ¿Cómo está?

Mi mujer le contesta como a una amiga:

—Buenas tardes, señora. Estoy muy bien, gracias.

Charlo con nuestro yerno, que es el director de una sucursal de la compañía farmacéutica T. y acaba de visitar la oficina central de la empresa en Nagoya. Fujiko nos mira en silencio. Estoy seguro de que no entiende nada de lo que decimos. No obstante, cuando su yerno le sonríe, ella, a su vez, le devuelve la sonrisa, como si lo conociera bien.

La animadora sube al estrado y la sala enmudece. La animadora, y a continuación el director de la residencia, nos dirigen por el micrófono unas palabras de bienvenida. Por fin comienza el espectáculo.

Primero es el turno de nuestra nieta Suzuko, acompañada por la directora de su escuela, que se sienta al piano. La directora es amiga de Anzu. Suzuko está adorable. Hoy viste un pichi azul claro sin mangas y lleva el pelo recogido en una cola de caballo. Pese al candor de su edad, es evidente que Suzuko es una niña alegre y brillante, como lo era su difunta madre. Se me encoge el corazón. Miro de reojo a Fujiko, pero ella no manifiesta ninguna emoción particular.

Anuncian los títulos: *La canción de la manzana*, *El sombrero puntiagudo* y *¿De dónde viene la mañana?* Los de nuestra generación las conocemos bien. Comienza el piano. Suzuko entona y canta con gran vivacidad. Los espectadores de mayor edad siguen el ritmo con la cabeza. Delante de mí, una señora se enjuga las lágrimas. Me siento henchido de orgullo por nuestra nieta. Cuando acaba de cantar, todo el mundo aplaude: «¡Bravo! ¡Magnífico!». Suzuko se inclina. Muy emocionado, vuelvo la cabeza hacia Fujiko, que sigue impávida.

La animadora regresa al micrófono y declara:

—Ahora les presentaré a los siguientes invitados. ¡Una buena sorpresa!

Me pregunto de quién se trata. Los llama:

—¡El señor y la señora B.!

¿De verdad? ¿Son músicos? Lo desconocía. Esta mañana, cuando me he cruzado con la pareja de octogenarios en el pasillo, no han mencionado que participarían en el concierto. La mujer simplemente me ha dicho que estaba impaciente por escuchar a mi nieta.

Ayudada por la mujer del director, la señora B. asciende lentamente al estrado con un violín en la mano. Su marido avanza hacia el piano, extiende sus partituras y se sienta en el banco. Susurro a Fujiko:

—Son nuestros nuevos vecinos.

Ella los observa sin abrir la boca. Tras una pausa, el señor B. pulsa una tecla del piano y su esposa afina su instrumento. Cuando la pareja está lista, la animadora nos anuncia las piezas que van a interpretar:

Primero, el *Nocturno n.º 20 en do sostenido menor,* de Chopin.

Después, la *Humoresca n.º 7 en sol mayor,* de Dvořák.

El señor B. comienza a tocar. Una melodía lenta y triste. La mujer le escucha con la cabeza un poco ladeada. No se le ven los ojos, ocultos por las gafas oscuras. Al poco, su violín se une al piano. Su sonido es muy delicado. En la sala reina un silencio total. La pareja no es profesional y, sin embargo, la armonía con la que tocan me deja impresionado. Me vuelvo hacia Fujiko. Me quedo estupefacto. Tiene las mejillas húmedas. ¡Está llorando! No despega los ojos de la señora B. Le alargo mi pañuelo, pero ignora mi gesto. Al igual que yo, no es particularmente aficionada a la música clásica. Su reacción es francamente imprevista.

El *Nocturno* de Chopin concluye con una larga nota, muy dulce, del violín. Los espectadores escuchan con suma atención, los cinco sentidos alertas, hasta el final. A continuación, sin esperar a los aplausos, la pareja arranca con *Humoresca.* Siguen tocando muy conjuntados. Ahora la sala se rinde a la fascinación. Incluso a mí, pese a mi escasa sensibilidad para la música, me entran ganas de bailar. Cuando concluyen, el público prorrumpe en aclamaciones: «¡Bravo! ¡Bravo!». El señor y la señora B. hacen una profunda reverencia. Observo la cara de Fujiko. Ya no tiene lágrimas.

Después del dúo, la animadora nos obliga a cantar a todos varios *natsumero*. Nos suministra copias de las letras. La primera, titulada *La cordillera azul*, es el tema de una antigua película que a la madre de Fujiko le gustaba mucho. La mujer del director la interpreta con brío al piano y todos la entonamos alegremente. Fujiko no reacciona.

Después del miniconcierto, Anzu propone a su madre:

—¡Fujiko-*san*, vayamos a bañarnos a la playa!

Mi mujer acepta de inmediato:

—Con mucho gusto, señora.

Mi yerno acompaña a su suegra al coche. Suzuko tararea *El sombrero puntiagudo*, que acaba de cantar en el espectáculo. El coche se aleja. Agito la mano hacia Fujiko, y ella también se despide de mí.

Cuando me quedo solo, salgo a la calle con la idea de comprar un cedé del *Nocturno* de Chopin. Quizá Fujiko disfrute escuchándolo de nuevo. Entro en una tienda de discos y le indico la pieza al vendedor. Existen varias versiones para piano, pero ninguna para violín y piano. Como apenas conozco pianistas, ni extranjeros ni japoneses, me quedo con el que me recomienda el vendedor.

Deambulo por una librería y compro un periódico y un libro sobre economía. Luego paseo unos minutos por la calle comercial. El calor sigue siendo asfixiante. Entro en un café y pido un zumo de naranja.

Mientras leo el periódico, vuelvo al instante en que Fujiko ha llorado al escuchar a Chopin. Sigo intrigado. ¿Qué ha podido emocionarla tanto? ¿La melodía, la sonoridad del violín? ¿Acaso otra cosa? Me habría gustado preguntárselo, pero me he abstenido al recordar el consejo de la enfermera Y.: «No le haga demasiadas preguntas, eso podría confundirla». Hace unos minutos, Anzu me ha dicho: «Papá, se nota que al señor y a la señora B. los une profundamente la música. Están muy enamorados». ¿Ha sido entonces esa pareja tocando tan compenetrados lo que ha emocionado tanto a Fujiko?

—Buenas tardes, señor Niré.

Alzo la vista. El señor B. está de pie ante mí. Lo saludo, sorprendido. Bromea:

—¡Así que estamos los dos compuestos y sin novia!

Lo invito a sentarse a mi mesa. Acepta gustoso y pide lo mismo que yo. Lo felicito por el magnífico dúo que forma con su mujer. Me da las gracias sin olvidar elogiar a mi nieta, que tan encantadoramente ha cantado los *natsumero*. Conversamos en tono amigable.

—No sabía que ustedes dos tocaran el piano y el violín. ¿Dónde practican?

—En casa de nuestro hijo. No solemos tocar en público, pero nos ha convencido el director de la residencia. De hecho, es amigo de nuestro hijo.

Le repito mi cumplido:

—Ha sido una grata sorpresa. La sala estaba totalmente subyugada. —Insisto—: Mi mujer ha llorado.

—¿De verdad? Se lo diré a la mía.

La camarera trae su zumo de naranja. Saco de mi bolsa el cedé que acabo de comprar y lo coloco encima de la mesa. El señor B. exclama:

—¡Está el *Nocturno* de Chopin que hemos interpretado!

—Exactamente.

Complacido, me cuenta su historia. Él practica el piano desde la infancia, y la señora B. el violín desde el colegio. Cuando iban al instituto se conocieron en un club de música. Posteriormente, ensayaron un dúo de Mozart y comprobaron que se entendían muy bien. Al oírle, me doy cuenta de que Fujiko y yo no compartimos muchas aficiones. Pregunto a mi vecino:

—¿Trabajaba usted en algún ámbito relacionado con la música?

—No, en absoluto. Yo era mecánico de coches.

Su profesión me sorprende. Me informa de que había abierto su propio negocio como mecánico y de que su mujer se ocupaba de gestionarlo. Tenían varios empleados. La pareja vendió el taller diez años atrás.

—¿A qué se dedicaba usted, señor Niré?

—He trabajado para la compañía M. como ingeniero de automoción.

El señor B. sonríe:

—Tenemos algo en común.

Me habla de su familia. Aparte de su hijo, tiene dos hijas, y ahora siete nietos.

—Entre el trabajo en el taller y educar a tres hijos, ¿les quedaba tiempo para practicar?

—No mucho, pero al menos tocábamos una vez a la semana, aunque sólo fueran quince minutos.

De nuevo pienso en mi relación con Fujiko: desde que vivimos solos, ¿qué hemos hecho para pasarlo bien juntos? En ese instante el señor B. me pregunta:

—¿Usted y su mujer tocan algún instrumento?

—No, ninguno. Pero mi hijo toca la guitarra.

—¿La guitarra? Mi hijo también. ¡Otra cosa en común que tenemos!

Luego me pregunta por mi familia. Le cuento que tengo una hija ceramista y un hijo ingeniero civil, y que tengo cuatro nietos. No menciono a la hija que falleció.

Mi vecino vuelve sobre el tema de la música.

—Señor Niré, ¿conoce ese programa de televisión que se llama *Clásica con ustedes*?

Niego con la cabeza. Añade que lo emiten los domingos a las ocho de la noche y que cada vez invitan a un músico distinto a que comente varias piezas. Me lo recomienda encarecidamente:

—Seguro que a su mujer le gustará.

—Lo veré con ella. ¿A quién invitan esta noche?

—A Rei Miwa, un director de orquesta. Octogenario pero muy activo.

Me suena la cara de ese músico, ahora ya mayor. Es un hombre apuesto. El señor B. sigue hablando de él con entusiasmo. Rei Miwa es también compositor. Recientemente ha aparecido en la tele dirigiendo la *Sinfonía inacabada* de Schubert. Su interpretación fue sublime. Lo interrumpo:

—Es guapo y encantador.

Mi vecino bromea:

—¡Pues sí! A mi mujer le desespera no poder verle ya bien la cara.

Regreso a la residencia. A eso de las seis recibo una llamada de Anzu: traerá a su madre dentro de tres minutos. Bajo de inmediato.

Llega el coche. Tras pasar la tarde en la playa, todo el mundo ha vuelto bronceado. Mi hija y su familia siguen llamando de usted a Fujiko. Mientras charlo con nuestro yerno, Suzuko canta *El sombrero puntiagudo*. Para mi sorpresa, su abuela la acompaña con voz apagada. Mi yerno está orgulloso:

—A mi hija le encanta esta canción y la canta constantemente.

Anzu me susurra al oído:

—Para mamá, esta melodía es una novedad.

El coche arranca. Fujiko agita largo rato la mano. Murmura:

—Son amigos míos...

Después de cenar, volvemos a «nuestras» habitaciones.

Fujiko toma su cesta de costura y se acomoda en el sofá. Saca su aguja para hacer ganchillo y ovillos de lana de distintos colores. Luego se pone a tejer, con movimientos maquinales. Aunque esta mañana ha madrugado, no parece cansada. No habla de su salida a la playa ni del espectáculo musical de la tarde. Me pregunto si se ha olvidado ya de todos esos acontecimientos.

Son casi las ocho, está a punto de empezar el programa *Clásica con ustedes* del que me ha hablado el señor B. Enciendo el televisor y sintonizo ese canal. Me encuentro con el anuncio de una marca de leche. Un popular deportista bebe un trago de esa leche y espeta: «¡A la salud de ustedes!». Fujiko lanza una mirada a la pantalla. El programa arranca con una melodía de violoncelo. Es una música que oigo con frecuencia en la radio. Fujiko murmura:

—Bach... *Suite número 1*...

—¿Le gusta a usted Bach?

Asiente. Luego observa la pantalla, donde la presentadora presenta a Rei Miwa.

Es un apuesto caballero de pelo plateado. Contesta a las preguntas sobre su carrera artística, que ha transcurrido en Japón y en el extranjero. Con voz pausada habla de una orquesta que dirige desde hace veinte años en Tokio. Ese hombre me recuerda a alguien que yo conozco.

De repente, Fujiko espeta:

—Tengo que devolverle el dinero.

—¿A quién?

—Al señor Miwa.

Desconcertado, escudriño su rostro. ¿Conoce personalmente a ese maestro? Jamás la he oído pronunciar su nombre.

—¿Qué has...? Perdón —balbuceo—, ¿qué ha dicho usted?

Repite, con toda claridad:

—Tengo que devolverle el dinero al señor Miwa.

Aunque dudo, decido preguntarle:

—¿Le ha pedido usted dinero a ese director de orquesta?

Niega con la cabeza.

Estoy confuso y prefiero callar. Mejor no insistir demasiado. Ella me corrige:

—El señor Miwa no me lo ha prestado, me ha dado ese dinero.

Le pregunto, pese a que creo que no es buena idea:

—¿Cuánto?

—Trescientos mil yenes.

—¿Tanto?

—Nunca los he utilizado. Así que quiero devolvérselos.

—¿Por qué ha recibido semejante cantidad?

—Eso no puedo decírselo. Es personal.

—Claro, lo comprendo.

En la pantalla, Rei Miwa contesta, apasionado, que disfruta también dando consejos a las orquestas aficionadas. Enumera los nombres de las ciudades a las que acude regularmente. Fujiko murmura:

—El señor Miwa ha estado en Matsue...

¿En Matsue? Es la capital de una prefectura vecina. Allí vivía nuestra hija mayor mientras estudiaba. Evidentemente, mi mujer ya no se acuerda de eso.

—¿Cuándo fue?

—Hace ya tiempo. Espero que visite también

nuestra ciudad. Desde luego, quiero devolverle ese dinero.

Mi curiosidad puede más que mi discreción.

—¿Dónde guarda ese dinero, Fujiko-*san*?

—En el banco.

Prosigue el programa. La presentadora habla de Schubert. Rei Miwa interpreta una melodía al piano y explica la consonancia y la disonancia. Fujiko lo escucha muy seria. Echo una rápida mirada al lector de cedés, que encendemos en contadas ocasiones. Hace un rato, le he dado a Fujiko el cedé de Chopin que he comprado esta tarde. No creo que lo haya guardado en su estuche.

Ya entrada la noche, Fujiko duerme en su pequeño espacio compartimentado por los biombos blancos. Yo estoy echado en mi cama. Aunque estoy muy cansado, todavía no tengo sueño.

Menudo día..., me digo soltando un suspiro.

Por la mañana, al despertar, mi mujer se ha llevado una sorpresa cuando me ha encontrado en «su» habitación. La enfermera la ha convencido de que yo era su novio. Pero Fujiko ha insistido en que durmamos separados hasta que nos casemos, y ha sido menester colocar unos biombos entre nuestras camas. En el miniconcierto, Fujiko no ha reaccionado ante la actuación de nuestra nieta ni ante los *natsumero*. Sin embargo, ha llorado con el *Nocturno* de Chopin que han interpretado nuestros vecinos. Y esta noche, al ver a Rei Miwa en la tele, ha afirmado que debía devolverle trescientos mil yenes.

Cavilo mientras paseo la mirada por los biombos blancos. Si lo que cuenta es cierto, ¿qué relación ha mantenido con Rei Miwa? ¿Por qué éste le dio dinero? ¿Cuándo y dónde ocurrió eso? ¿Habrá sido mi mujer su amante? No es posible... Mi mente se agita cada vez más.

Es sábado. Poco después de las dos de la tarde, mi hijo Nobuki y su hija pequeña se presentan de improviso en la residencia. Mi hijo me dice que la mayor está en el centro cultural para su clase de kárate y que tiene que ir a buscarla dentro de una hora.

Al entrar, Nobuki repara en los biombos blancos. Está enterado de ese arreglo y del motivo que lo ha causado. Se acerca al sofá, en el que su madre hace ganchillo.

—Buenas tardes, Fujiko-*san*. ¿Cómo está?

Mi mujer le contesta sin levantarse:

—Estoy muy bien, caballero.

Le muestra los cuadrados de colores variados, que él alaba amablemente. Ambos hablan como simples conocidos. La chiquilla de siete años me susurra:

—Abuelo, he traído algo que quiero enseñarte.

De una bolsa de papel saca un frasco cerrado con una tela blanca de algodón. Contiene tierra en el fondo.

—¿Qué hay dentro?

—Una cigarra. La he atrapado esta mañana en nuestro jardín.

Observo la cigarra, y al ver que no se mueve le pregunto:

—¿Está viva?

—Sí, ¿puedo enseñársela a la abuelita?

—Claro, cariño. Le encantan los insectos. Pero no te olvides de que ella y yo somos novios y de que tenemos que llamarla Fujiko-*san* o Kajiyama-*san*.

—Claro. Papá me lo ha explicado todo.

Se sienta junto a Fujiko y le tiende el frasco. Fujiko detiene su labor y mira dentro. Exclama:

—¡Ah, es una *abura-zemi!*

—¿Cómo canta?

Fujiko imita el ruido:

—Jiii, jiii, jiii.

La niña la sigue:

—Jiii, jiii, jiii...

Le pregunta cosas sobre el insecto y su abuela le contesta ufana. La conversación entre ambas se anima. Tranquilizado, le propongo a mi hijo que salgamos al balcón.

El cielo está encapotado. Acodado en la barandilla, Nobuki contempla el monte Daisen.

Enciendo un cigarrillo.

—¿Sigues yendo a clases de guitarra? —le pregunto.

—Sí, dos veces al mes. Tengo que practicar mucho porque una orquesta de aficionados de Yonago me ha invitado a tocar en su próximo concierto.

—¿Con una orquesta? ¡Es una noticia fantástica! ¿Y qué vas a tocar?

—Un concierto de Rodrigo.

Nunca he oído ese nombre. Mi hijo me explica que es un compositor español, fallecido hace casi veinte años. Estaba ciego, y compuso numerosas obras, especialmente para guitarra. Al escucharlo, miro su cara radiante y me doy cuenta de que se parece un poco a Rei Miwa, al que vi en la televisión el otro día. Nobuki añade:

—Mamá me regaló un cedé de Rodrigo cuando cumplí trece años. Su música me emocionó tanto que inmediatamente decidí aprender a tocar la guitarra.

No lo recordaba, la verdad. Al ver que no reacciono, mi hijo cambia de tema:

—¿Te sigue gustando la residencia?

—Sí, mucho. Elegiste bien. Te estoy muy agradecido.

Me sonríe, contento:

—Merecía la pena recorrer tantos sitios, sobre todo por mamá.

Mientras fumo, contemplo el monte Daisen. Hace ya tiempo que subimos Fujiko y yo. La última vez fue con nuestros hijos, y la mayor todavía iba al colegio. Cuando ya no vivían con nosotros, Fujiko quería que fuéramos los dos solos. Pero al final nunca lo hicimos.

Nobuki me pregunta con franqueza:

—Papá, ¿no te molestan los biombos?

—Me molesten o no, ¿qué otra cosa puedo hacer? Tu madre está convencida de que sigue soltera.

Reacciona medio en serio, medio en broma:

—Ahora sois novios. ¿Piensas organizar una ceremonia de boda?

—No pienso hacer semejante comedia. Todo esto me incomoda demasiado.

Sobrevienen unos instantes de silencio. Después murmura:

—Papá...

—¿Sí?

—Cuando mamá supo que me casaba, me dijo algo importante.

—¿Respecto a qué?

—Sobre ti, sobre su vida contigo en un futuro. ¿Te gustaría oírlo?

—¿Por qué no?

Nobuki me repite las palabras de su madre:

—«Tu padre y yo no tenemos muchas cosas en común. Me da la impresión de que he vivido únicamente para nuestros hijos y mis suegros. Y ahora nos hemos quedado solos en casa. No sé cómo será el resto de nuestra vida. Deseo de todo corazón que tú y tu mujer viváis con nosotros y yo pueda ocuparme de tus hijos...»

Turbado, le pregunto:

—¿Eso te dijo tu madre?

Asiente. Reflexiono. Fujiko, efectivamente, insistía en que conviviéramos con la familia de nuestro hijo. «Cariño, hemos cuidado de tus padres hasta su muerte. Les hacía muy felices vivir junto a sus nietos. Nobuki es el heredero, como lo eras tú. Tiene que vivir con nosotros.» Yo lo esperaba también, pero nuestro hijo no dio su brazo a torcer.

—¿Qué le contestaste?

—«No es bueno que cuides de mis hijos para evitar un problema en tu matrimonio. Buscad algo que os haga disfrutar a los dos.»

No sé qué decir.

—Después —añade Nobuki— mamá me confesó: «A decir verdad, creo que viviré separada de tu padre». Y poco después de esa confidencia comenzó a experimentar síntomas de confusión.

Callo al tiempo que oculto mi azoramiento.

—Papá —prosigue—, lamento que te disguste esta historia. Sólo deseo que mamá viva más feliz contigo, aunque ya no se acuerde de que eres su marido.

Recuerdo la época en que Fujiko y yo decidimos mudarnos a esta residencia. Como no había habitación con tatamis, pensé comprar una cama doble. Sin embargo, ella insistió en que cada uno dispusiera de su cama. Me ofendió, pero al final acepté: al fin y al cabo, venían a ser como los dos futones en que dormíamos en nuestro dormitorio, en casa.

Nobuki escruta el monte Daisen. Tiene un rostro atractivo. Me entran ganas de preguntarle: «¿Mamá te habló a ti también de Rei Miwa?». En ese instante se abre la puerta corredera del ventanal. Mi nieta sostiene el frasco que contiene la cigarra. Llama a Nobuki:

—Papá, Fujiko-*san* me ha explicado que criar cigarras es muy difícil porque necesitan la savia de los árboles. Si la dejo en el frasco, no vivirá más de una semana.

—Sería una pena.

La niña se dirige al extremo del balcón sobre el que se alza una rama de pino. Saca al insecto del frasco y lo deposita sobre la rama. Lo vigila en silencio. Luego se vuelve hacia su padre:

—Fujiko-*san* también me ha dicho que las larvas de las cigarras permanecen mucho tiempo bajo tierra.

—¿Cuánto tiempo?

—Depende de la especie. De tres a quince años, y hasta más.

—¡Cuánto tiempo!

—Pero esos insectos no viven más que un mes al aire libre.

Nobuki exclama:

—¿Sólo un mes? Un tanto efímero, ¿no?

—¿Efímero? ¿Qué quiere decir eso?

—Quiere decir breve, pasajero.

—Qué triste... Ahora me siento culpable.

Mi nieta habla como una adulta. Vuelvo la cabeza hacia el interior, donde Fujiko hace ganchillo sumida en una gran placidez. Por un instante recuerdo la letra de la canción que mi mujer tarareaba el otro día. «Sólo te quedan unas semanas al aire libre. ¿Acaso añoras tu largo pasado...?»

De pronto, la niña exclama:

—¡Mi cigarra ha echado a volar!

El grueso insecto vuela a una velocidad sorprendente. Se eleva hacia la copa de otro árbol. La niña se despide agitando la mano:

—¡Adiós! ¡No dejes que te atrapen otra vez!

Deambulo por una tranquila calle comercial. Es media tarde. En este momento, Fujiko participa en las actividades del club de ikebana, que una residente organiza todas las semanas. Luego hará ejercicios físicos en otro club. Yo volveré a la residencia dentro de una hora.

Pienso en lo que mi mujer le confió a nuestro hijo cuando todavía estaba lúcida. «No sé cómo será el resto de nuestra vida... A decir verdad, pienso vivir separada de tu padre.» Me enfadé con Nobuki cuando me repitió esas palabras que mi mujer pronunció hace diez años. Pero su intención era buena, sólo anhela que su madre enferma sea feliz. Intento valorarlo positivamente en vez de ofenderme.

Comprendo por qué Nobuki insistía en que viviéramos en una residencia. En efecto, Fujiko se siente aquí más feliz que antes, cuando estábamos solos en casa. No sólo las actividades culturales contribuyen a su paz, también lo hace la enfermera, que la escucha con mucha paciencia.

Lamento que Fujiko pensase eso de nuestra vida conyugal y no me comunicara su hastío. Con todo, dijera lo que dijese, una cosa tengo clara. He hecho lo que debía por mi familia. La seguridad y la estabilidad han primado siempre.

He trabajado para la compañía M. hasta los sesenta y cinco años, es decir, durante cuarenta y tres años, y empecé justo después de finalizar mis estudios de ingeniero. En esa época los empleos eran vitalicios y uno no cambiaba fácilmente de empresa. Por supuesto, pasé periodos difíciles, sobre todo cuando mis jefes eran incompetentes o desagradables. Aun así, salí adelante y acabé siendo director de una sección. Al jubilarme obtuve un buen finiquito y conseguí una pensión razonable para ambos. Gracias a eso no tenemos problemas económicos.

Por supuesto, la vida de Fujiko tampoco ha sido fácil: ocuparse de nuestros tres hijos mientras convivía con sus suegros. En determinadas épocas trabajó fuera de casa a tiempo parcial. Cuidó de mis padres hasta su último suspiro. Toda mi vida le agradeceré su abnegación.

Sigo deambulando por la calle comercial. Cada vez hay más gente.

Por un instante me detengo en medio de la multitud. Los transeúntes me adelantan y algunos se vuelven hacia mí, pues doy la impresión de haberme perdido. Observo a las parejas, sean jóvenes o mayores, que caminan tomadas de la mano. Me viene a la memoria una escena. Una tarde en que paseábamos por la playa, Fujiko me tomó del brazo. Sorprendido, miré a la gente a nuestro alrededor y susurré: «No, no, esto en público me incomoda». Al instante retiró el brazo. Todavía puedo ver la tristeza que inundó su rostro.

Tengo que regresar a la residencia. Mientras vuelvo sobre mis pasos, de súbito se me ocurre entrar en una floristería.

Al abrir la puerta de nuestra habitación, reconozco una melodía tocada al piano. Es el *Nocturno* de Chopin que interpretaron nuestros vecinos en el miniconcierto. Fujiko está sentada con la enfermera Y. en el sofá. La enfermera me saluda, levantándose:

—Buenas tardes, señor Niré. Disculpe mi presencia.

—No, por favor, no faltaba más. Usted es siempre bienvenida.

Deposito en el fregadero el ramo de flores que acabo de comprar. La enfermera Y. me cuenta que, después de sus ejercicios físicos, mi novia la ha invitado a la habitación. Fujiko está de buen humor:

—Tetsuo-*san,* he encontrado un cedé de Chopin en mi habitación. Quería escucharlo con mi amiga.

La enfermera me lanza una sonrisa. Sabe que yo le regalé el cedé al ver lo mucho que el *Nocturno* la había emocionado en el miniconcierto. Charlamos unos minutos, y después la enfermera Y. se despide.

Sigue sonando la música. Le alargo el ramo de flores.

—Esto es para usted, Fujiko-*san*.

Le brillan de inmediato los ojos. Se excita:

—¡Ah, lirios atigrados! Me encantan. En mi pueblo natal se ven por todas partes.

Lo que acaba de decir me intriga, de modo que le pregunto:

—¿Dónde vive usted ahora?

—En Yonago.

Casi se me escapa la risa, porque hace poco ha confundido el monte Daisen con el monte Fuji, como si siguiera viviendo en su pueblo. En silencio, examina los pétalos naranja salpicados de manchas negras. Voy a buscar un jarrón al armario de encima del fregadero. Lo lleno de agua y lo coloco sobre la mesa baja delante del sofá.

—¡Qué jarrón tan espléndido! ¿Lo ha comprado también para mí, Tetsuo-*san*?

El jarrón de cerámica lo hizo nuestra hija Anzu. Se lo regaló a su madre para su septuagésimo cumpleaños. Contesto:

—Sí, se lo he comprado a una ceramista famosa. Se llama Anzu Niré.

—¿Anzu Niré? No, no conozco a esa artista.

Fujiko dispone cuidadosamente el ramo en el jarrón marrón. El color oscuro realza el naranja de las flores.

—¡Maravilloso! Gracias, Tetsuo-*san*.

Los contempla unos instantes. Luego va a buscar la cesta de labores y comienza a tejer un cuadrado. Se acaba la pieza de música. Meto el cedé en la funda de plástico y me acomodo en el sillón con una revista de coches.

Fujiko murmura:

—Tetsuo-*san*...

—¿Sí?

—Tengo que devolverle el dinero a Rei Miwa.

¡Ya estamos! Otra vez con lo del director de orquesta, el guapo octogenario. Según la enfermera Y., quienes padecen alzhéimer, como mi mujer, inventan historias uniendo recuerdos dispares. No lo hacen con ánimo de mentir; ellos creen que es cierto. Hay que dejarlos hablar, y asentir a lo que cuentan.

—Tiene razón, Fujiko-*san*. Todo lo que a uno le prestan, sea dinero u otra cosa, hay que devolverlo...

Me interrumpe con los ojos como platos:

—Yo no lo pedí prestado. El señor Miwa me lo dio.

Movido por la curiosidad, le hago la misma pregunta que el otro día:

—¿Cuánto era?

—Trescientos mil yenes.

Es la cantidad que mencionó cuando mirábamos el programa *Clásica con ustedes*. Me atrevo a espetarle:

—¡Qué suerte que le regalen a uno tanto dinero!

Insiste, muy seria:

—No, no era un regalo. Tengo que devolverlo.

No sé qué pensar. Fujiko sigue haciendo ganchillo. De nuevo un cuadrado. Transcurridos unos segundos, anuncia bruscamente:

—Me acosté con el señor Miwa.

—¿Perdón?

Lo repite:

—Me acosté con el señor Miwa.

Casi me echo a reír. ¡Qué inventiva! Me gustaría contarle la escena a la enfermera. Me felicitaría: «¡Bravo, señor Niré! Es capaz de escuchar a su mujer sin enfadarse». Pregunto a Fujiko con naturalidad:

—¿O sea que se hizo su novia?

Ella lo niega de inmediato:

—¡Por supuesto que no! ¡Él ya estaba casado!

—Entonces —prosigo con calma—, ¿fue usted su amante?

Niega con más firmeza:

—¡No, no he sido su amante! Sólo pasé una noche con él.

—Ah, bueno...

Ironizo para mis adentros: ¡no está mal, trescientos mil yenes por una noche!

—¿Por qué le dio el señor Miwa ese dinero?

—Fue por una intervención.

—¿Una intervención?

—Sí, un aborto.

—¿Un aborto?

Fujiko asiente con tristeza.

¿Qué clase de historia es ésta? ¿Abortó en su mundo imaginario? Sufrió dos abortos antes de nacer nuestra primogénita. ¿Se mezclan esos malos recuerdos con la imagen de ese encantador director de orquesta? Le pregunto, dubitativo:

—¿Dónde conoció usted al señor Miwa?

—En Matsue. Fui a un concierto que dio allí.

—¿Sola?

—Sí. Tami me había dado una entrada. Ella iba a ir conmigo, pero se puso enferma. Era un día soleado de otoño.

Cavilo. Sí, tiene cierta coherencia. Tami es su

amiga de la infancia y vive en Matsue desde hace más de cincuenta años. Yo ignoraba que mi mujer hubiese asistido a ese concierto. Si efectivamente asistió, debió de ser antes de casarnos.

—¿Qué piezas tocaron? —le pregunto, por curiosidad.

—El *Concierto número 1 para piano* de Chopin.

—¡Ah, Chopin!

—También escuché el *Nocturno número 20.* Me gustó mucho.

—¿El *Nocturno número 20?* Es la pieza que tocaron nuestros vecinos al violín y al piano.

—¿Qué vecinos?

—El señor y la señora B.

—No los conozco.

Luego enmudece.

Miro de nuevo los lirios atigrados. El rostro elegante del Rei Miwa acude a mi mente. No puedo evitar hacerle una pregunta incómoda:

—Fujiko-*san,* ¿por qué se acostó con el director de orquesta?

Me contesta con toda la espontaneidad del mundo:

—Porque era una noche de luna llena.

Fujiko está en su club de lectura. Estoy ante el teléfono fijo, dudando si llamar o no a Tami D., la amiga de infancia de mi mujer.

Tami tiene la misma edad que nosotros, setenta y seis años. Ella y su marido regentan una pescadería en Matsue. No tienen hijos. La pareja estuvo invitada a nuestra boda. Eran simpáticos. Por desgracia, no tenía mucho en común con ellos y sólo volví a verlos en dos o tres ocasiones.

Después de casarnos, Fujiko siguió viendo a Tami, tanto en Yonago como en Matsue. Pero, con el paso del tiempo, estaba tan ocupada con nuestras dos hijas que sólo hablaba con su amiga por teléfono. Luego nació nuestro hijo. A partir de entonces se limitó a mandar a su amiga tarjetas para felicitarle el Año Nuevo. Y así siguió todo, hasta que se manifestaron los primeros síntomas de alzhéimer.

Tami nos llamó hace dos años aquí, a la residencia. Fujiko se negó a ponerse al teléfono, adujo que no la conocía. Al enterarse de su enfermedad, su amiga se quedó muy triste. No obstante, insistió en que fuéramos a verlos a esa ciudad vecina. Pese a su amable invitación, nunca los visitamos.

Me parece oír a mi mujer: «Me acosté con el señor Miwa y recibí trescientos mil yenes por abortar». Evidentemente no me lo tomo en serio. Por el contrario, me parece más bien cómico, sobre todo su justificación: «Porque era una noche de luna llena». Me intriga lo que le sucedió aquel día. ¿Sostuvo, por ejemplo, una conversación con el maestro después del concierto?

Al final, descuelgo el teléfono. Marco el número de la pescadería. Me contesta la propia Tami:

—¿Señor Niré? ¡Qué placer oírle!

Me pregunta de inmediato sobre la salud de Fujiko. Le cuento que ésta sigue acordándose del concierto en Matsue. Se entusiasma:

—¡Qué buena noticia! Tengo que verla.

Propone de nuevo que un día nos pasemos por la pescadería. Con voz enternecida, evoca sus recuerdos:

—Una amiga me había dado dos entradas. Entonces telefoneé a Fujiko. Le encantó acudir expresamente a Matsue. Decidimos comer en un restaurante antes del concierto, que se celebraba por la tarde. Pero, por desgracia, poco antes de que Fujiko llegara a mi casa, empezaron a darme retortijones en el estómago.

La escucho, sorprendido de la precisa memoria que mi mujer tiene de esos días.

—Fujiko estaba preocupada por mí —prosigue Tami—, pero insistí en que ella fuera al concierto sola. De todas maneras, mi marido iba a llegar al atardecer y...

La interrumpo:

—¿Su marido? Pensaba que usted y Fujiko eran solteras.

—¡Qué va! Teníamos casi cuarenta años.

Repito, desconcertado:

—¿Casi cuarenta años?

—Sí, por entonces sus dos hijas iban al parvulario.

Me callo, confuso. Tami continúa:

—Así que Fujiko fue sola al concierto. Al día siguiente me llamó para preguntarme si me encontraba mejor. Le había gustado mucho el concierto.

—¿Recuerda qué iban a tocar?

—Si no me falla la memoria, un concierto para piano de Chopin.

—¿Y sabe quién era el director de orquesta?

—De eso sí que estoy segura. Era Rei Miwa. Soy una gran fan suya.

En efecto, se trata del hombre con quien mi mujer dice haberse acostado. Tami prosigue:

—A pesar de la edad, sigue dirigiendo orquestas. Tiene una vitalidad asombrosa. Es oriundo de la prefectura de Shizuoka, como Fujiko y yo.

—¿Ah, sí?

—Sí, Fujiko me contó que había tenido la suerte de poder hablar con él. ¡No sabe la envidia que me dio!

—¿De verdad?

Ahora la que pregunta es Tami:

—¿No estaba usted al tanto?

—Pues no...

—Señor Niré, ahora el que ha perdido la memoria es usted, ¡y en cambio su mujer lo recuerda muy bien!

—Qué raro —murmuro—. El caso es que no recuerdo haberme quedado al cuidado de las niñas en aquella ocasión.

—Fujiko me comentó: «Mis hijas han ido a un balneario con mis suegros».

Reflexiono... ¿Mis padres con nuestras hijas en

un balneario? Un instante después, caigo en la cuenta:

—¡Ah, sí, aquella época!

Tami me provoca de nuevo entre risas:

—¡Por fin le vuelve la memoria!

Yo me río también. Ella añade:

—Y usted estaba en Yokohama, en viaje de negocios.

De repente, me siento abochornado. Es cierto, estaba en Yokohama por cuestiones de trabajo, y, más aún, no estaba solo: mi amante se reunía conmigo por la noche en el hotel. No sé qué decir. Tami sigue hablando. Antes de despedirse, insiste:

—Pásense cuando puedan por nuestra pescadería. A mi marido le encantará volver a verles. Me gustaría enseñarles las reformas que hemos hecho.

Le doy las gracias. Nada más colgar, me doy cuenta de que he olvidado contarle algo importante: Fujiko cree que somos novios.

En resumidas cuentas, Fujiko acudió a un concierto en Matsue mientras nuestros padres llevaban a nuestras hijas a un balneario y yo estaba en viaje de negocios.

Por entonces, yo visitaba con frecuencia la fábrica que mi empresa tenía en Yokohama. Aquellos viajes ocasionaban ausencias de dos o tres días. En cada ocasión, daba a Fujiko el número de teléfono del hotel en el que me alojaba. Raras veces contactaba conmigo durante aquellas estancias. Yo estaba convencido de que ella ignoraba la existencia de mi amante, N.

N. había sido mi última novia antes de contraer matrimonio con Fujiko. Nuestra relación duró unos diez meses. N., que trabajaba en un banco, también cuidaba de su madre, que padecía una enfermedad incurable. No le interesaba el matrimonio. Y cuando le anuncié que había aceptado una propuesta de *miai,* se apartó de mí discretamente.

Diez años después, me crucé casualmente con N. Seguía soltera. Su madre acababa de fallecer. Los dos sentimos la necesidad de hablar más y entramos en un café, como antiguos conocidos. La conversación con ella era estimulante y divertida, sobre todo cuando hablábamos de economía. Aquello se repitió en varias ocasiones. Luego empecé a verla en su apartamento.

N. sabía que yo no tenía intención de divorciarme de Fujiko. Se contentaba con seguir soltera y proseguir su carrera en la banca. Cuando le dije que mi mujer se había quedado embarazada, reaccionó con calma: «Dejemos de vernos». Eso me alivió. Estaba harto de mentir a Fujiko. Es la única vez que la he engañado en nuestra vida conyugal. Desde entonces, no he vuelto a ver a N.

Medito sobre la conversación que acabo de mantener con Tami por teléfono.

En efecto, los recuerdos de Fujiko sobre aquella época son coherentes. La entrada de concierto que le regaló Tami, quien no pudo asistir debido a una indisposición, el nombre del director de orquesta, el programa del concierto... Según Tami, Rei Miwa procede de la misma prefectura que ella y mi mujer. Como yo imaginaba, Fujiko habló con él después del concierto. Por más que yo la hubiera engañado, me cuesta creer que ella hubiera tenido una aventura con otro hombre. Una sonrisa irónica y amarga me viene a los labios.

Fujiko me había dicho con claridad que el señor Miwa le había dado trescientos mil yenes por abortar, y que ella tenía que devolverle ese dinero porque no lo había utilizado. En conclusión, si Fujiko no abortó, entonces dio a luz. Y si dio a luz, ¿dónde está el hijo de Rei Miwa?

De repente recuerdo haber observado que mi hijo se parecía a ese maestro. Se me hiela la sangre. No es posible...

Cuando Fujiko me anunció su nuevo y tercer embarazo, habían transcurrido dos meses desde el concierto en Matsue. Desconcertado, rememoro el día en que Fujiko y yo hablamos sobre «nuestro» tercer hijo.

Éramos seis en casa: Fujiko, yo, nuestras dos hijas y mis padres.

Yo tenía mucho trabajo como ingeniero para la compañía M. Kyōko tenía seis años, y Anzu, cuatro. Mi mujer volvía a trabajar a tiempo parcial en una biblioteca y mis padres se ocupaban de los niños. Nuestra vida transcurría apaciblemente.

Un día, Fujiko me dijo:

—Cariño, tengo que hablar contigo.

—¿De qué se trata?

Titubeaba y parecía nerviosa. Yo me eché a temblar: ¿había descubierto mi relación con N.? Temiendo su ira, no me atrevía a apremiarla para que me contestase.

—Estoy embarazada —me anunció.

—¿Embarazada?

Era una noticia del todo imprevista. Dada nuestra edad, casi cuarenta años, no nos habíamos planteado tener otro hijo. Pese a todo, exhalé un suspiro de alivio: ¡ah, no ha descubierto mi aventura! Ella callaba, cabizbaja.

—¿Estás segura?

—Sí, he cometido un error con mi ciclo menstrual.

—¿De cuántos meses estás?

—De dos, según mi médico.

—Dos meses...

Pensaba en mi viaje a Yokohama dos meses atrás, donde N. y yo habíamos pasado dos noches en el hotel. Por esa misma época había hecho el amor con mi mujer, después de más de tres meses sin haber mantenido con ella ninguna relación.

Fujiko me propuso:

—Si no deseas otro hijo, puedo abortar.

—¿Abortar?

Turbado por esa palabra, me la quedé mirando. En una ocasión, cuando la hija de nuestros vecinos abortó, Fujiko la criticó: «Un hijo es un don, un regalo. No se aborta sin un motivo serio». Como ella había sufrido dos abortos espontáneos, yo comprendí lo que sentía. Por eso no me esperaba oír la palabra «abortar» en su boca. Fujiko se disculpó:

—Ha sido culpa mía.

Tras un silencio incómodo, le pregunté:

—¿Quieres que decida yo?

—Sí.

Curiosamente, me sentía castigado por mi engaño. Lo que tenía claro era que no deseaba que abortara. Tanto más porque nos entristeció mucho cada aborto espontáneo que sufrió. Declaré a Fujiko:

—¡De acuerdo, tengamos otro hijo!

Me miró sin mostrar emoción:

—No te decepciones si es *otra niña*.

—No, te prometo que no me sentiré decepcionado.

Mis padres estaban encantados con el embarazo de Fujiko. Mi madre alentaba a su nuera: «Todavía me siento con fuerza. No te preocupes, yo te ayudaré».

Mi amante ironizó:

—Yo pensaba que ya no hacías el amor con tu mujer.

Esa observación me avergonzó. N. me preguntó:

—Tu mujer tiene casi cuarenta años, como tú. ¿Querías tener otro hijo?

—No, ha sido un accidente.

Entonces me propuso en tono tajante:

—Bueno, pues dejemos nuestra relación.

—Lo lamento mucho...

Ella añadió:

—Accidente o no, el bebé probablemente se ha concebido para salvar vuestro matrimonio.

Estas palabras me sumieron en la confusión.

Al año siguiente, Fujiko dio a luz. «¡Es un niño!» La exclamación de la enfermera nos llenó de alegría a mis padres y a mí. Como yo había elegido los nombres de nuestras hijas, sugerí a mi mujer que esta vez le pusiera ella nombre al bebé. Pero Fujiko insistió: «No, lo elegirás otra vez tú».

Es domingo. Esta noche, Fujiko y yo cenamos en casa de nuestro hijo. La familia vive en las afueras. Vamos en autobús.

El tiempo es cálido y húmedo, como todos los días en esta estación del año. Las cigarras estridulan ruidosamente por doquier. De camino, pasamos por una librería para comprar regalos a nuestras nietas. Ya en el autobús, Fujiko observa el paisaje en silencio.

Llegamos hacia las cinco de la tarde. Fujiko saluda a la pareja educadamente:

—Encantada. Muchas gracias por su amable invitación.

Nuestra nuera le contesta con una amplia sonrisa:

—¡Ah, usted debe de ser Fujiko-*san!* Es un honor conocerla. Nuestras niñas la esperaban impacientes.

A duras penas contengo la risa. En el salón, Fujiko tiende nuestros obsequios a las niñas, de ocho y seis años. La menor exclama:

—¡Un libro sobre las cigarras!

Es la nieta que trajo a la residencia una cigarra y la soltó en el balcón. Da las gracias a su abuela y le pregunta:

—Fujiko-*san,* ¿podría ayudarme a leerlo?

—Con mucho gusto, señorita.

Fujiko aún es capaz de leer *kanjis* sencillos. La niña la invita a sentarse en el sofá y su hermana se une a ellas. Las tres parecen pasárselo muy bien.

A instancias de Nobuki, salgo al jardín. En un rincón han instalado una piscina que parece una gran bañera. Enciendo un cigarrillo. Mi hijo me habla de su trabajo. Está empleado en una empresa de construcción. Me cuenta lo que hace en este momento. Hay términos que desconozco. No obstante, su profesión de ingeniero civil no difiere mucho de la mía. Lo escucho con interés.

Nobuki tiene treinta y cinco años. Era un niño estudioso y formal, en absoluto conflictivo. De adolescente, le encantaba ir a su club de natación y a clases de guitarra. En ocasiones nos enzarzábamos en las peleas que suelen estallar entre padre e hijo, pero, cada vez que eso ocurría, yo intentaba razonar con él. Se hizo un hombre muy responsable y atento.

—Papá, ¿recuerdas que dentro de poco tocaré un concierto de Rodrigo con una orquesta de aficionados?

—Claro. Es una noticia fantástica.

Me sonríe. Al mirar su rostro me da la impresión de oír sus primeros lloros. Me parece ver a una enfermera felicitándome: «Señor Niré, ¡qué hermoso niño! Es su vivo retrato». Ahora dudo de sus palabras. Probablemente les decía lo mismo a todos los felices padres.

—Papá, ¿me estás escuchando?

Vuelvo en mí y le contesto, a mi pesar:

—Perdona. Pensaba en un director de orquesta llamado Rei Miwa.

—¡Qué coincidencia! Acabamos de contactar con él.

—¿Y eso?

—El señor Miwa va con frecuencia a Matsue, donde tiene familia. Cuando lo hace, dirige gratuitamente orquestas de aficionados de la zona. Le hemos pedido que pase por Yonago.

—Entonces, ¿tocarás para ese maestro?

—Sí, si acepta nuestra petición.

—Será un gran honor para ti.

—¡Desde luego!

Lo observo: tu talento musical no te viene de mí, digo para mis adentros.

—Nobuki, ¿conoces el programa televisivo *Clásica con ustedes?*

—Sí, es uno de nuestros preferidos. No sabía que lo vieras.

Le cuento que su madre y yo lo hemos visto sólo una vez, por recomendación de nuestro vecino, que toca el violín. Ese director de orquesta era el invitado de la semana.

—Y dime, papá, ¿qué te ha parecido el señor Miwa?

—Un caballero encantador. Debió de tener éxito con las mujeres, y diría que lo tiene incluso ahora.

Mi hijo se echa a reír:

—¡Exactamente lo mismo que pienso yo!

Pero yo no me río. Le comento que nació en la prefectura de Shizuoka. Como su madre. Nobuki reacciona con tono divertido:

—¿Ah, sí? O sea que tiene algo en común con mamá.

—Eso parece...

Las palabras de Tami acuden a mi mente. «Fujiko me contó que había tenido la suerte de poder hablar con él. ¡No sabe la envidia que me dio!»

—Una vez —continúo—, tu madre fue a verlo dirigir en Matsue.

—¿De verdad? ¿Cuándo?

—Fue antes de que tú nacieras.

—¿De verdad? Miwa debía de tener entonces poco menos de cincuenta años. Estaba en la plenitud de la vida y en el apogeo de su carrera, desplegando todo su carisma.

Fumo en silencio. Nobuki me pregunta cómo estuvo su sobrina en el miniconcierto. Le contesto que cantó muy bien unos *natsumero* y que se metió a todo el mundo en el bolsillo. Luego le hablo de la pareja de vecinos que interpretó a dúo un nocturno de Chopin.

—¿Chopin? ¿Y a mamá le gustó?

—Sí, mucho. Hasta lloró.

—¿Ah, sí? No sabía que fuera tan sensible a la música clásica.

La cena está lista. Saboreamos los deliciosos platos preparados por nuestra nuera.

Después del postre, las niñas cantan acompañadas al piano por su madre. A continuación, Nobuki toca con la guitarra una pieza de Chopin llamada *Tristeza*. Es muy nostálgica. Atisbo de vez en cuando la expresión de Fujiko. Pero no deja traslucir ninguna emoción en particular.

La velada termina hacia las nueve de la noche. Mi hijo quiere llevarnos en coche a la residencia, pero yo rehúso. Mañana es lunes y tendrá que madrugar.

Volvemos a tomar el autobús.

Durante el trayecto, Fujiko permanece en silencio. Contempla por la ventana las luces de las casas, de las tiendas, de los cafés, de los restaurantes. Pasados quince minutos, atravesamos campos de arroz. Fujiko ladea la cabeza. Le comento:

—Me ha gustado la pieza *Tristeza* de Chopin. ¿Le ha gustado a usted?

No reacciona. Yo voy pensando en la velada.

Nobuki y su mujer han fundado un hogar feliz. Los veo muy unidos, igual que nuestros vecinos. Desearía haber vivido como ellos, sin la obligación de cuidar a unos padres mayores, como nos sucedió a nosotros. Sin embargo, sin la presencia de mis padres, que querían tanto a Fujiko, es posible que nuestro matrimonio no hubiese durado tanto tiempo.

El autobús entra en nuestro barrio. Las luces vuelven a iluminarlo todo. Fujiko tararea con voz dulce:

> *Semi, semi, semi,* ¿dónde te ocultas?
> Después de tantos años bajo tierra,
> sólo te quedan unas semanas al aire libre.
> ¿Acaso añoras tu largo pasado
> en la oscuridad?

—Fujiko-*san,* ¿quién ha compuesto esa canción?

—Yo.

—¿De verdad? ¿Hace tiempo de eso?

—El día en que abandoné mi pueblo natal. Iba en autobús.

Son ya las once. Hora de meterse en la cama.

No se oye el menor ruido al otro lado de los biombos. Fujiko duerme, sin duda. Como está «soltera», no puedo entrar libremente en su espacio «privado». Y ella no viene nunca a «mi» espacio. Hace tres semanas que vivimos así.

La aventura de Fujiko con el director de orquesta se me antoja cada vez más verosímil. Hace un rato ha vuelto a repetirme: «Tengo que devolverle el dinero al señor Miwa». Y yo ya no me río, no me río en absoluto.

Mi mujer se acostó con Rei Miwa. Se quedó embarazada, se lo contó y él le dio trescientos mil yenes para que abortara. Al final no utilizó ese dinero, pues decidimos tener al bebé. Por supuesto, yo creía firmemente que el niño era mío. Pero ¿estaba segura Fujiko de quién era el padre del bebé?

No logro conciliar el sueño.

Tumbado boca arriba, veo de nuevo el rostro de Nobuki. Esta noche me he dado perfecta cuenta de que no se me parece en absoluto. Cuando estaba en el baño de su casa he visto un cepillo de dientes. Entonces se me ha pasado por la cabeza pedir un test de ADN. Bastaría con enviar un poco de saliva a un laboratorio. Pero ¿me atreveré a hacerlo? Meneo la cabeza.

Oigo un leve chirrido. Fujiko se estará moviendo en la cama. Cierro los ojos y respiro profundamente.

Suena el teléfono. Lo descuelgo pensando que posiblemente sea mi hija. Pero es Tami D., la amiga de mi mujer desde la infancia.

—Hola, señor Niré. ¿Cómo está? —Su voz sigue siendo clara y animada.

Le digo que Fujiko está en su club de ikebana y que volverá dentro de media hora. Me propone:

—Le llamo para invitarles, nos gustaría mucho que vinieran un domingo a comer a casa. Después podríamos visitar el castillo de Matsue, que tanto le gustaba a Fujiko.

Le doy las gracias y le prometo llamarla después de hablarlo con Fujiko. En esta ocasión, le cuento que mi mujer cree que ahora somos novios. Ignorando mi desazón, Tami bromea:

—¡Novios! Entonces han rejuvenecido. Me encantaría volver a asistir a su boda.

Sonrío y le ruego que, cuando llegue el momento, reciba a Fujiko dirigiéndose a ella como una joven soltera.

—¡Sí, sí, por supuesto! Avisaré a mi marido.

Después me habla de su suegro, que acaba de morir a los noventa y ocho años de edad. Aunque su muerte ha sido más bien súbita, todo el mundo se maravillaba de lo activo que se mantuvo hasta el final. Era pescador. Mientras le doy el pésame, me pregunto si ella sabría algo sobre la relación entre mi mujer y Rei Miwa.

—Disculpe, Tami...

—¿Sí?

—Fujiko no tiene ningún recuerdo de nuestra vida conyugal.

—Lo siento. Es realmente triste, pero al menos lo acepta como su novio.

Tami reacciona igual que la enfermera Y., siempre positiva y optimista. Vuelvo a lo que le conté el otro día: pese a su estado, Fujiko conserva un recuerdo claro del concierto de Rei Miwa en Matsue.

—En efecto, señor Niré, es sorprendente. Sin duda le hizo mucha ilusión haber hablado con un personaje tan importante, aunque sólo fueran unos minutos. —Y agrega que a Fujiko le había encantado el *Nocturno* de Chopin que habían tocado de bis en el concierto.

Me asombra su memoria, pero creo que no está al tanto de lo que ocurrió entre mi mujer y Rei Miwa. Y cuando aludo a mi hijo, aficionado a la música clásica, Tami me pregunta:

—¿Sigue tocando la guitarra? Fujiko alababa su talento. Según ella, era un apasionado de Rodrigo.

—¿Cómo conoce esos detalles?

—Pues porque me enviaba cada año una tarjeta de Año Nuevo, hasta que enfermó.

—Ah, es verdad... —murmuro.

Tami añade:

—Su hijo tiene ya treinta y cinco años, ¿verdad? El tiempo pasa tan rápido.

En ese momento me atrevo a abordar lo que tanto me preocupa:

—¿Puedo hacerle una pregunta?

—Por supuesto, señor Niré.

—En la época en que mi mujer estaba embarazada de Nobuki, ¿la llamaba con frecuencia?

Tami guarda silencio. Quizá mi pregunta le haya sorprendido.

—No mucho —contesta, titubeante—. Pero antes de su embarazo, me telefoneaba casi todas las semanas.

Repito, intrigado:

—¿Antes de su embarazo?

—Sí, estaba muy deprimida.

—¿Deprimida? ¿Sabe por qué?

Tami calla de nuevo.

—Dígamelo, por favor —insisto.

—¿Está seguro?

—Sí, totalmente.

—Se planteaba seriamente divorciarse. —Tami ha recalcado «seriamente».

Dios mío, ahora es la amiga de Fujiko la que me informa de que teníamos problemas conyugales.

—Fujiko se lamentaba: «Mi marido me engaña. Tiene una amante».

Me quedo conmocionado. ¿Cómo descubrió mi mujer mi relación con N.?

Tami remacha:

—Sabía que usted salía con una antigua novia suya llamada N. Un día me contó: «Mi marido va a ir a Yokohama por cosas del trabajo. Su amante lo acompañará».

—...

—Me dijo también: «Mi marido no se casó con N. porque ella tenía que cuidar de su madre, que estaba enferma. Por lo tanto, la relación entre ellos no había terminado cuando se casó conmigo».

Eso todavía me altera más. La información no

es del todo correcta. Pero ¿cómo se había enterado de todo aquello? Tami, como si me leyera el pensamiento, añade:

—Yonago es una ciudad pequeña, como la nuestra.

—...

—A todas luces, Fujiko se sentía desgraciada. Yo la animaba a salir de vez en cuando. Por eso la invité al concierto de Rai Miwa. Desgraciadamente, no pude acompañarla y ella fue sola. Después, la frecuencia de sus llamadas disminuyó.

Me parece oír las palabras de mi mujer: se acostó con él «porque era una noche de luna llena». Le pregunto a Tami:

—¿Y después dejó de decirle que quería divorciarse?

—Sí, porque se había quedado embarazada y usted había dejado de ver a su exnovia.

Estoy hecho un lío. ¿Fujiko se había enterado también de que no volví a ver a N.? Pero ¿cómo?

Tami concluye con voz pletórica:

—¡Y ya está! ¡Tuvieron a Nobuki! Después de sus dos hijas, seguro que el nacimiento de un niño fue una gran alegría para ustedes y sus padres. Imagino que Fujiko ya no me llamaba porque estaba demasiado ocupada con tres hijos, pero me daba noticias suyas en sus tarjetas de Año Nuevo.

Tami sigue hablando. Al final, repite que ella y su marido esperan con impaciencia nuestra visita a Matsue.

Antes de la cena, salimos a pasear por nuestro parque habitual. Fujiko lleva su cesta de labores, y yo una revista. Todavía luce el sol. Pese a que hay bastante humedad, el calor es ahora menos asfixiante que hace unas horas. Fujiko sigue protegiéndose con su vieja sombrilla rosa.

Tras deambular alrededor del estanque, descansamos en un banco a la sombra del gran olmo. Contemplo la fuente. Los patos nadan plácidamente. Fujiko saca de la cesta un ovillo de lana amarilla y comienza un nuevo cuadrado. El movimiento de sus manos es más torpe que antaño. Con la revista abierta sobre las rodillas, pienso en la invitación de Tami D., que he aceptado sin fijar una fecha concreta.

—Fujiko-*san,* Tami nos ha invitado a comer con su marido.

Me mira perpleja:

—¿Tami? ¿Quién es?

Su reacción me desconcierta; aun así, le explico:

—Es esa amiga suya que vive en Matsue. Regenta una pescadería con su marido. En una ocasión le regaló una entrada a un concierto.

—Ah, esa Tami...

Prosigo, animado:

—Tenían que haber ido las dos, pero su amiga sufrió una indisposición. Entonces, fue usted sola.

Guarda silencio.

Prosigo:

—Le gustó mucho el *Nocturno* de Chopin que tocaron de bis.

Alzando la mirada hacia el cielo sin nubes, murmura:

—Matsue..., concierto..., nocturno..., Chopin...

Acto seguido sigue trabajando en su cuadrado amarillo. Yo abandono.

Francamente, no me apetece ver a esa pareja. Han transcurrido casi cuarenta años desde nuestro último encuentro. Seguimos sin tener nada en común. Si a Fujiko no le entusiasma la idea de verlos, no merece la pena desplazarse expresamente hasta allí. Y menos aún ahora que sé que conocen mi historia con mi exnovia. Incluso están al tanto de que mi mujer quería divorciarse de mí.

Una pareja de patos camina entre las cañas.

Fujiko murmura de nuevo:

—Tengo que devolverle el dinero al señor Miwa...

¡Ahí está otra vez el director de orquesta! Humillado, ignoro sus palabras. Es injusto. Nuestra larga vida en común ha desaparecido por completo de su memoria, mientras que el recuerdo de su efímera aventura permanece de lo más vivo. Cuarenta y ocho años frente a una noche. Es como si Fujiko, inconscientemente, negase mi existencia como marido suyo. Una cigarra comienza a estridular por encima de nosotros. Fujiko imita el canto:

—Jiii, jiii, jiii...

Distraído, le pregunto:

—¿De qué especie es?

—*¡Abura-zemi!*

—¿Cuántos años vive bajo tierra?

—Seis años.

Lo que me impresiona no es la larga vida de ese insecto, sino lo selectivo de su memoria. Fujiko puede no acordarse de lo que ha comido este mediodía, pero recuerda a la perfección lo que aprendió en su infancia.

La pareja de patos se aleja hacia la fuente. Fujiko la sigue con la mirada. El canto de la *abura-zemi* no cesa.

—Tetsuo-*san* —me dice.

—¿Sí?

—En Estados Unidos hay cigarras cuyas larvas viven enterradas diecisiete años.

—¡Es mucho! —exclamo.

—Salen de la tierra todas al mismo tiempo. Cerca de Nueva York, miles de millones cantan a la vez.

¿Miles de millones? Esa cifra se me antoja exagerada, pero decido no replicar. Ella prosigue:

—Si tienen suerte, sobreviven un mes al aire libre, como las demás especies. Las hembras mueren después de haber aovado.

—¿Diecisiete años bajo tierra y sólo un mes fuera? ¡Qué lástima!

Fujiko sigue con su cuadrado. Su rostro muestra una expresión inocente y apacible, como si se hubiera liberado del dolor, de la tristeza, de los celos, de la ira... La vida no siempre es de color de rosa. ¿Se siente por fin feliz tras haber pasado largo tiempo en la oscuridad, como ese insecto? ¿Tan sombrío era nuestro matrimonio para ella?

Mientras yo la engañaba con mi exnovia, Fujiko se sentía afligida y deprimida. Luego pasó una noche con Rei Miwa y se quedó embarazada. Nació Nobuki. Si yo hubiera sabido que el bebé no era mío, ¿me habría divorciado? ¿Habría sido capaz, divorciado o no, de educar a ese niño como si fuera mío?

—Tetsuo-*san,* si..., si... usted fuera...

—¿Si fuera...?

—Si usted fuera una cigarra de Nueva York y yo fuera una *abura-zemi...* —Enmudece unos instantes. Me pregunto qué dirá a continuación. Prosigue—: Volveríamos a encontrarnos dentro de ciento dos años.

—¿Por qué ciento dos años?

—Diecisiete por seis.

Reflexiono y exclamo:

—¡Ah!, ¡se refiere al mínimo común múltiplo!

Sonríe levemente. Me olvidaba de que era buena en cálculo mental y en *soroban.*

Me mira a los ojos:

—Tetsuo-*san,* ¿le gustaría volver a verme dentro de ciento dos años?

Me quedo sin saber qué contestarle.

Es domingo por la tarde.

Acabamos de comer en la residencia con mi hija y su familia. Ahora todos, salvo yo, van a bañarse a la playa. El termómetro marca treinta y cinco grados. Hace demasiado calor para pasear. Decido permanecer en nuestra habitación, donde hay aire acondicionado.

Durante una hora leo en el periódico artículos sobre política. Luego me amodorro un rato en el sofá. Cuando me despierto, son apenas las cuatro. Para matar el tiempo, bajo al salón.

Hay una decena de personas. Diviso al señor B., mi vecino de planta. Charla animadamente con un hombre al que creo que no he visto nunca. Parece tener un poco más de sesenta y cinco años. Su rostro de rasgos acusados y su pelo plateado llaman la atención. A juzgar por el color de su piel y de sus ojos, es *half*. Mi vecino me llama:

—¡Señor Niré!

Me invita a sentarme a su mesa. Acepto de buen grado; compro una cerveza en la barra y me acomodo con ellos. Me presenta al desconocido:

—Un nuevo residente, el señor J.

Mientras lo saludo recuerdo que una señora de cien años ha fallecido recientemente y que alguien ha ocupado enseguida su habitación. El señor J. habla un excelente japonés. Me entero de que su esposa murió el año pasado de una neumonía y que padeció de alzhéimer durante seis años. Cuando le digo que la mía también sufre esa enfermedad, se ofrece, comprensivo:

—Si puedo serle útil, dada mi experiencia, lo haré con mucho gusto.

Le doy las gracias. Luego nos cuenta brevemente en qué trabajó hasta su jubilación: era comerciante de ropa. Le pregunto, por curiosidad:

—¿De dónde es usted?

—Mi padre es norteamericano de origen irlandés y mi madre japonesa.

—¡Vaya!

Añade con tono irónico:

—O al menos eso creí durante mucho tiempo.

—¿Creyó?

—Sí, eso creí... hasta que me hice una prueba de ADN, hace cinco años.

¿Prueba de ADN? Sin querer, me inclino y me acerco más a él. Pienso en Nobuki. Mi vecino inquiere:

—¿Cuáles fueron los resultados?

—¡Sorprendentes! Soy un treinta por ciento coreano, un veinte por ciento chino, un cuarenta por ciento judío askenazí, un cinco por ciento ruso y el resto eslavo. Total, que mis orígenes no son ni irlandeses ni japoneses.

—¡Caramba! ¿Vivían sus padres cuando se hizo esa prueba?

—Mi padre no, pero mi madre sí. Le pinché: «Mamá, ¿soy adoptado?». Y me gritó: «¡Te alumbré yo! ¡Eres un doscientos por ciento hijo mío!».

El señor B. se ríe, pero yo no me atrevo. Si Nobuki decidiese analizar su ADN, quizá luego me formularía esa misma pregunta: «Papá, ¿soy adoptado?». No podría contestarle lo mismo que la madre del señor J.

Mi vecino prosigue:

—¿Qué nacionalidad tiene usted?

—Japonesa. Debido a aquel test, mi madre me desveló por fin sus orígenes. Sus abuelos habían venido de Corea bastante antes de la guerra y se habían naturalizado después de la contienda. Y el hijo único de ambos se casó con una china.

Al observar su fino rostro, pienso en Rei Miwa. Si Nobuki descubriera que no soy su padre biológico y si su madre le revelara su aventura con el director... Me estremezco. El señor B. vuelve a preguntarle:

—¿Su madre sabía también que su marido no era de origen irlandés?

—Mi madre me confesó que su marido no era mi padre biológico.

Le escucho, turbado. Mi vecino comenta, compasivo:

—Debió de quedarse de piedra.

—Desde luego —contesta el señor J.

—¿O sea que su padre biológico era judío askenazí?

—Eso parece. A mi madre le sorprendió mi ADN, porque creía que mi padre biológico era de origen alemán.

—¿Ha llegado usted a conocer a su verdadero padre?

—No, nunca. Él tampoco conoce mi existencia.

—¿Cómo es eso?

—Un día mi madre fue sola al teatro mientras su marido estaba en viaje de negocios. Allí, un hombre apuesto, un canadiense que comprendía el japonés, la invitó a tomar algo. Mi madre aceptó. Según ella, él había inmigrado de Alemania al Canadá.

Estoy conmocionado. En mi cabeza me parece ver la escena en que Fujiko conoció a Rei Miwa. ¿Cómo sedujo a mi mujer? ¿Lo siguió ella al hotel para vengarse de mi relación con mi exnovia?

El señor J. prosigue:

—Mi madre era más bien una persona recatada. Le pregunté: «¿Por qué te fuiste con un desconocido?». Ella me contestó: «Ni yo misma lo sé. Fue un accidente. Lo que recuerdo claramente es que era una noche de luna llena. Y nada, me quedé embarazada».

—¿Porque era una noche de luna llena? —repite mi vecino, y suelta una carcajada.

Cada vez más ofuscado, le pregunto al señor J.:

—¿Cómo reaccionó el marido de su madre cuando supo que ella estaba embarazada?

—Se quedó encantado. Mi madre tenía treinta y seis años. La creía estéril. Eso es lo que me contó más adelante.

Balbuceo:

—Su..., su padre, el que le educó, ¿cómo era?

—Fue un padre extraordinario. Lo quise mucho y sigo queriéndolo. Me alegré de que hubiese muerto sin conocer la verdad.

El señor B. le dice:

—Quizá estaba al corriente.

Miro al señor J., que añade en un susurro:

—Es posible...

Vuelvo a nuestra habitación. Falta un buen rato para que Fujiko vuelva de la playa. Como no sé qué hacer, me acomodo en el sofá. Enciendo la tele pero no dan gran cosa. La apago soltando un suspiro.

Observo los biombos blancos instalados entre nuestras camas. Son feos. Me da la impresión de que vivimos en un hospital. Estas divisiones son como un mensaje de mi mujer rechazando nuestro pasado. La enfermera Y. me ha sugerido: «Cásese cuanto antes y así Fujiko-*san* ordenará quitar esos biombos». Comprendo que así se solucionaría toda esta situación, pero me incomoda un poco el paripé que eso supondría. De todas formas, tampoco estoy muy seguro de que, por más que seamos «novios», al final Fujiko acepte casarse conmigo.

Al ver que el teléfono fijo parpadea, escucho los mensajes. El primero es de mi hija, que me comunica que traerá a su madre sobre las seis y media. Luego hay un mensaje de un empleado de mi librería preferida, que me anuncia que han llegado los libros que encargué. A continuación, oigo a Nobuki: «Hola, papá. ¿Cómo estás? Tengo una buena noticia. ¿Puedes llamarme? Estoy en casa, descansando».

¿Buena noticia? Intrigado, levanto el auricular. Sin embargo, mi dedo se detiene después de las cinco primeras cifras. Se me aparece la cara del señor J. De nuevo me aguijonea la pregunta: ¿le habrá desvelado Fujiko a Nobuki su relación con Rei Miwa? Desanimado, cuelgo el auricular.

Salgo al balcón. De inmediato me atenaza el calor asfixiante. Medio cielo está cubierto por oscuras nubes. Esta noche lloverá. Enciendo un cigarrillo.

Jiiiii, jiiiii, jiiii... Una *abura-zemi* canta en el pino que da al balcón. Me acuerdo de la cigarra que soltó la hija pequeña de Nobuki. ¿Dónde estará? ¿Seguirá viva? Según mi mujer, esos insectos necesitan savia para vivir, y si uno los tiene en casa, perecen muy pronto. Tiene toda la razón. Sin pensar, tarareo su canción. «*Semi, semi, semi,* ¿dónde te ocultas? Después de tantos años bajo tierra...»

Medito mientras fumo. ¿Cuántos años tengo por delante?

Gozo de buena salud. Con suerte, puede que me queden aún diez años de vida, tal vez quince, o incluso veinte, o más. Quizá llegue a los cien. Muy largo se me antoja eso, y al fin y al cabo no es más que una gota de tiempo en la historia de la humanidad. Tampoco mucho más que las pocas semanas de vida de las cigarras al aire libre. Y a Fujiko, ¿cuántos años le quedarán?

Pienso en nuestro pasado juntos, cuando éramos una pareja. ¿Cómo fue ese pasado? Yo engañé a mi mujer con mi exnovia. Ella me engañó con un director de orquesta y dio a luz a Nobuki. Nunca nos hemos enfrentado a nuestros problemas, y sin embargo nuestro matrimonio ha sobrevivido. Fujiko fingía inocencia. Era mucho más maliciosa de lo que yo me imaginaba. Y ahora ha olvidado por completo el nacimiento de su propio hijo, hasta el punto de que no lo reconoce. ¡Cuánto desearía perder la memoria, como ella! Y ahora lo que le preocupa obstinadamente es devolver el dinero a Rei Miwa.

Cada vez me siento más irritado. Es ridículo. Tengo que calmarme. Respiro hondo e intento ahuyentar los malos pensamientos.

«¡Papá!» La voz de Nobuki resuena en mi mente.

Lo he educado, lo he querido, lo he amado más que a mis dos hijas. No olvido mi alegría cuando nació: «¡Por fin tengo un hijo!». Su grupo sanguíneo B, como el mío, me tranquilizaba. Escogí los *kanji* 信樹, que significan «el árbol fiel», en honor a nuestro patronímico, Niré, que significa «olmo».

Nobuki... Meneo la cabeza. No, él no es responsable del descarrío de su madre. No debo cambiar de actitud hacia él. Es mi hijo adorado. Lo importante no es quién lo ha engendrado, sino quién lo ha educado. El pasado, pasado está, y no se puede volver atrás. Tengo que olvidarme de todo este asunto de Rei Miwa.

Por fin me sereno y entro en la habitación. Vuelvo a levantar el auricular y marco el número de Nobuki.

—Hola, soy yo.

—¡Hola, papá!

Su voz alegre pronunciando «papá» me tranquiliza. Me cuenta que sus hijos están jugando en la piscina del jardín trasero y que su mujer ha salido de compras. Él está practicando con la guitarra. Le informo de que su madre ha ido a la playa con su hermana. Se alegra.

—Bueno, Nobuki, ¿cuál es la buena noticia?

—Pues lo del señor Miwa, el maestro.

¡Otra vez él! Desconcertado, tardo en reaccionar.

—Papá, ¿me oyes bien?

—Sí, sí...

—Nuestra orquesta intentaba invitarlo a uno de los últimos ensayos. ¡Y va a venir la semana que viene!

—¿Cómo?

—Tiene que ir a Matsue y esta vez pasará por Yonago. Yo tocaré el fragmento de un concierto de Rodrigo bajo su dirección. Estoy muy emocionado.

Finjo que me alegro mucho por él:

—¡Qué magnífica ocasión!

—Gracias, papá, y podrás venir a saludarlo con mamá.

Tartamudeo:

—No..., no, sólo iremos al concierto.

Nobuki insiste:

—Me has contado que, poco antes de que yo naciera, mamá asistió a un concierto dirigido por él en Matsue y que ella conserva de aquello un recuerdo muy preciso. Si habla con el señor Miwa, quizá recuerde cosas que ocurrieron en aquella época.

Le contesto sin entusiasmo:

—Ya veremos.

Son las seis y cuarto. Fujiko no tardará en volver de la playa. Intento sumirme en la lectura de una revista pero no logro concentrarme. Sigo trastornado por la «buena noticia» de Nobuki.

Mi hijo está impaciente por conocer a Rei Miwa, sin saber que éste es presumiblemente su padre biológico. Además, quiere que su madre y yo lo escuchemos el domingo que viene. Me extraña un poco que insista tanto. En cualquier caso, no tengo muchas ganas de ir a ese ensayo.

Me pregunto si Rei Miwa sería capaz de reconocer ahora a Fujiko. Un músico famoso y atractivo como él debe de conocer a muchísimas personas, sobre todo admiradoras. Sin duda habrá olvidado la noche que pasó con mi mujer, una espectadora entre muchas otras.

Suena el teléfono. Anzu me anuncia que volverán a la residencia dentro de unos minutos. Me lavo la cara y bajo sin apresurarme.

Cuando llego a la puerta, Fujiko está bajando del coche. Está muy bronceada. Nuestro yerno me cuenta lo que ha hecho en la playa. Al parecer, ha nadado mucho con él. Mientras me habla, nuestra nieta se pone a cantar *El sombrero puntiagudo*. Su abuela la acompaña pronunciando la letra más claramente que antes. Anzu se une a ellas, encantada. Los residentes que pasan las escuchan y aplauden.

El coche arranca. Todos se despiden agitando la mano:

—¡Adiós, Fujiko-*san*!

Mi mujer les contesta a su vez:

—¡Adiós, amigos míos!

Nos dirigimos al comedor.

Más de la mitad de las mesas están ya ocupadas. Encontramos una libre en un rincón. Esta noche hay *hiyashi-chūka*. Cubre los fideos el aderezo fresco y cortado finamente: zanahoria, pepino, tomate, huevo, jamón. Sus hermosos colores abren el apetito. Fujiko come hablando de las verduras que sus padres cultivan en su pueblo natal. Éstos parecen seguir vivos en su memoria. Yo guardo silencio, preocupado aún por el anuncio de Nobuki.

De repente, Fujiko se queda inmóvil. Con los palillos en el aire, fija los ojos en algo. Yo le sigo la mirada y diviso al señor J. Éste está sentado a una mesa con nuestros vecinos de planta, el señor y la señora B., cuyos rostros no alcanzo a ver. Las señoras de la mesa que tenemos al lado contemplan al nuevo residente. Una de ellas musita a la otra:

—Es *half* ese hombre. Me parece apuesto y atractivo.

La otra le contesta:

—En efecto. Su mujer murió el año pasado.

En ese momento, Fujiko exclama:

—¡Está ahí!

—¿Quién?

—El señor Miwa.

¿Cómo? ¿El director de orquesta ha venido a la residencia? No es posible. Sin el menor titubeo, Fujiko señala al nuevo residente.

—No, no. Ése es el señor J. —la corrijo.

—Sí —insiste—, es el señor Miwa. Tengo que devolverle el dinero ahora mismo.

Me veo en un aprieto. No debo contradecirla. Sin embargo, observo que, en efecto, Rei Miwa y el señor J. guardan cierto parecido: rasgos finos, nariz recta, ojos grandes. Fujiko debe de confundirlos.

—Tengo que devolverle el dinero —repite.

Se levanta. La tomo del brazo:

—¡Espere, Fujiko-*san!* El señor Miwa está muy ocupado en este momento.

—¿Como va a estarlo? Si está cenando como nosotros.

—Conversa sobre su próximo concierto con nuestros vecinos, la violinista y el pianista. Creo que será mejor que no lo molestemos ahora.

Me pregunta:

—¿Cuándo podría devolvérselo?

Le contesto, a mi pesar:

—El domingo que viene. El señor Miwa dirigirá una orquesta de aficionados en nuestra ciudad. No será más que un ensayo. Podremos hablar con él entonces.

Lo piensa un instante y afirma:

—Debo ir a mi banco a retirar trescientos mil yenes.

—Mañana iré con usted.

—Gracias, Tetsuo-*san*. Es usted muy amable.

Tranquilizada, mi mujer se sienta y sigue comiendo. Me entran sudores fríos. Está obsesionada con ese dinero.

—Por cierto, Fujiko-*san,* ¿dónde vive su hijo ahora?

—¿Mi hijo? No, yo di a luz a una niña.

Me la quedo mirando, atónito. ¿Una niña? Entonces, ¿el bebé no era Nobuki?

—¿Dónde vive su hija?

—Murió hace tiempo de un cáncer cerebral.

—¿Cómo se llamaba?

—Kyōko.

Fujiko está seria. Yo permanezco mudo. Se refiere a nuestra hija mayor, fallecida hace cinco años. Así pues, la confunde con Nobuki. Yo sigo comiendo lentamente, pero ella ya ha dado cuenta de su *hiyashi-chūka.*

—¡Ah, estaba delicioso! —exclama, muy satisfecha.

Vuelvo la cabeza hacia la mesa situada junto a la ventana. El señor J. y nuestros vecinos ya no están ahí.

Al día siguiente, cuando me despierto, veo que Fujiko está ya arreglada para salir. Me anuncia:

—Tetsuo-*san,* nos vamos al banco.

¡Dios mío, se acuerda de mi promesa de ayer! Hoy es lunes. Apenas son las siete de la mañana. Le contesto:

—Sí, iremos después de desayunar.

—Gracias, Tetsuo-*san.*

Se le ilumina el semblante. Pero ¿en qué banco, en qué cuenta tiene esos trescientos mil yenes? Dudo que los haya ingresado en nuestra cuenta. Todo eso ocurrió hace treinta y seis años. No resultará fácil localizarlos. Para ver cómo reacciona, le pregunto:

—¿Dónde está su banco?

—En Matsue.

¿Precisamente donde conoció a Rai Miwa? Prosigo:

—¿Y qué banco es?

Articula claramente:

—Caja de crédito M.

Conozco esa entidad bancaria. Si no me equivoco, existe desde los años ochenta. Sin embargo, no he visto que a la residencia llegara nunca correo procedente de ese banco. Anzu, que vive en nuestra antigua casa, tampoco ha recibido jamás nada parecido. Pese a todo eso, le prometo:

—Hoy iremos los dos a Matsue.

—Gracias. Es usted muy amable.

Sonríe. Su expresión es serena. Manifiestamente, lo importante para ella es devolverle el dinero a Rai Miwa, no volver a verlo. Sin embargo, si el dinero no está en ese banco, le entrará pánico. Decido llevar conmigo trescientos mil yenes.

—Fujiko-*san,* tomaremos el tren. Antes de que desayunemos, iré a buscar un poco de dinero a mi banco.

Asiente. Salgo de inmediato.

Hay algunas nubes. El calor no aprieta tanto como ayer. Camino deseando que el día acabe sin demasiados percances.

Me persono en la sucursal de nuestro banco. Retiro trescientos mil yenes del cajero automático. Hace siete u ocho años que controlo yo la cuenta. Desde que nos casamos, se encargaba de eso mi mujer. Era totalmente fiable y honesta. Al comprobar los billetes, me quedo perplejo. ¿Por qué depositó ese dinero en un banco de Matsue y no aquí, en Yonago?

Al volver a la residencia, le advierto:

—Fujiko-*san,* no olvide la cartilla y su *hanko.*

Me mira, preocupada:

—¿La cartilla y mi *hanko?* No sé dónde están.

Me lo imaginaba.

—No se preocupe —la tranquilizo—, yo me ocuparé.

—Gracias, es usted muy amable.

Voy al cuarto de baño para afeitarme. Medito unos minutos. En la caja de crédito M., Fujiko debió de depositar el dinero en una cuenta a plazo fijo que, sin duda, nunca tocó. Nos mudamos aquí debido a sus síntomas de alzhéimer. Quizá no comunicó sus nuevas señas.

Salgo del cuarto de baño y busco en mi escritorio mi acreditación como tutor de mi esposa. Con este documento legal podré vaciar su cuenta sin problemas. Guardo en un sobre oscuro el dinero que he retirado antes en el cajero y me lo meto en el bolsillo interior de la chaqueta.

Bajamos al comedor. La sopa de miso huele bien, como todas las mañanas. Dejo que Fujiko se acomode en su mesa preferida. En el mostrador, me cruzo con mi vecino de planta, el señor B., que me dice:

—Esta mañana temprano, el señor J. ha salido para Montreal.

—¿Por turismo?

—No exactamente. Ha ido a buscar a su padre biológico.

—¿De veras? Espero que consiga dar con él.

Ladea la cabeza:

—No sé. Será una conmoción no sólo para su padre biológico, sino también para la familia de éste. En mi opinión, más vale no remover esas cosas.

Me abstengo de hacer comentarios. El señor B. continúa, cambiando de tema:

—Me ha anunciado mi hijo que Rei Miwa pasará por nuestra ciudad para asesorar a una orquesta de aficionados. Será el domingo que viene. Él y su madre están impacientes.

Caigo en la cuenta de que su hijo toca también la guitarra. Mientras dudo de si hablarle de Nobuki, el señor B. prosigue:

—En una ocasión, en Matsue, mi mujer y yo asistimos a un concierto dirigido por Rei Miwa.

—¿Recientemente?

—No, no, hace más de treinta años. ¡La verdad es que ese director es guapo! Allí mi mujer se convirtió en una gran admiradora suya.

Cuando me reúno con Fujiko con la bandeja en las manos, la veo escrutando la sala como si buscara a alguien.

Después del desayuno, partimos para Matsue.

En el tren, Fujiko contempla el paisaje en silencio, como cuando fuimos a casa de Nobuki. Me pregunto si debo llamar a Tami y avisarla de nuestra visita. No es domingo. Lo más probable es que ella y su marido estén trabajando en la pescadería. Tras pensarlo unos instantes, al final renuncio. De todos modos, Fujiko no reaccionó ayer al nombrarle a su amiga.

En la estación de Matsue, subimos a un taxi y llegamos a la caja de crédito M. en menos de diez minutos. Está en la entrada de la calle comercial del barrio H., que visitamos con Kyōko unos meses antes de su muerte.

La sucursal es mayor de lo que me imaginaba. Entramos. En la pared hay una amplia pantalla por la que desfilan anuncios. Enfrente han instalado unas butacas. Dejo que Fujiko me espere ahí y me dirijo al mostrador.

Una encargada me recibe con amabilidad. Le explico que mi mujer tiene una cuenta en ese banco, que quiere cerrarla y que soy su tutor. Añado que ha perdido su cartilla y su *hanko,* y que la dirección que sin duda consta debe de seguir siendo la de nuestra antigua casa. Le muestro todos los documentos necesarios. La encargada se los lleva a un cuarto que queda al fondo.

Fujiko, arrellanada en una butaca, contempla la pantalla. Hablan de una hipoteca. Una pareja sueña con una casa. Tienen tres hijos: un chico y dos chicas, como nosotros. Inmóvil, mira los anuncios que desfilan una y otra vez. ¿En qué pensará? ¿En nuestra futura vida familiar?

La empleada regresa y declara:

—El nombre de Fujiko Niré no aparece en nuestros expedientes ni en nuestros archivos.

—¿Mi esposa nunca ha tenido cuenta aquí?

—No, señor. Lo siento.

Decepcionado, me disculpo por las molestias y me guardo mis documentos. La empleada se despide. Me saco del bolsillo el sobre oscuro que contiene los trescientos mil yenes. Después me acerco a mi mujer, que sigue contemplando la pantalla.

—Fujiko-*san*.

Vuelve la cabeza. Le alargo el sobre:

—Aquí tiene su dinero.

Le brillan los ojos de alegría. Exclama:

—¡Gracias, Tetsuo-*san!* Qué amable es usted.

Sin comprobar el contenido, hurga en su bolso. ¿Qué busca? Saca un bolígrafo y escribe en el sobre:

みわれいさまへ – Para el señor Rei Miwa

Sus caracteres *hiragana* son irregulares pero legibles. Ha debido de olvidar los *kanji* 美輪礼. A continuación, mete cuidadosamente el sobre en su bolso.

Salimos por fin de la caja de crédito M.

Son casi las once. Podremos pasear un rato antes de comer. Le propongo visitar la universidad. Allí estudió nuestra hija mayor. Fujiko me contesta:

—No, prefiero ir a ver a Tami.

¿Cómo? ¿Ahora se acuerda de su amiga de la infancia? Así pues, acabo telefoneando a la pescadería. Me contesta Tami:

—¡Señor Niré! Estábamos esperando su llamada. ¿Ha decidido ya qué domingo vendrán a visitarnos?

Le explico que, precisamente, estamos en Matsue y que a Fujiko le gustaría verla. Como el matrimonio trabaja todo el día en la pescadería, Tami sugiere que comamos todos en un restaurante. Acepto, y también le recuerdo el estado de mi mujer. Contesta con aplomo:

—No se preocupe, señor Niré. Mi marido y yo les trataremos como si fueran novios.

Llegamos en taxi a la pescadería.

Han ampliado la tienda, y además la han modernizado mucho. Cuando los visité, hará ya cuarenta años, el local era muy pequeño y vetusto. El cambio es manifiesto. Deben de irles muy bien las cosas. Tami y su marido no tienen hijos. En otro tiempo, Fujiko me decía que esa pescadería era su bebé.

La pareja nos recibe efusivamente. Se les ve exultantes y sonrientes. Pese a que tienen nuestra edad, los veo mucho más jóvenes que nosotros. Tienen cinco empleados: tres hombres y dos mujeres. Todos, con blusones blancos, se afanan eficazmente.

Fujiko saluda a su amiga:

—Éste es mi prometido, el señor Tetsuo Niré. Es muy amable.

Tami nos felicita:

—Me alegro por los dos. Formarán un buen hogar. ¡Estoy segura!

Le doy las gracias, incómodo. Las dos mujeres de cabello gris empiezan a parlotear como dos jovencitas. El marido de Tami observa esa mascarada sin interrumpirla. No obstante, cuando Fujiko muestra interés por un pescado raro de uno de los mostradores, le propone dar una vuelta por la tienda. Ella le sigue. Tami me comenta que tienen ya una mesa reservada en un restaurante cercano. Me pregunta:

—¿Hay algo especial en Matsue hoy?

—No, solamente hemos ido a la caja de crédito M.

Ella abre los ojos como platos:

—¿La caja de crédito M.?

—Sí.

Tras dudar un momento, le cuento que Fujiko creía haber depositado dinero allí, pero que nunca había tenido una cuenta a su nombre, y que, para no decepcionarla, le he dado el dinero que había traído por si...

—Acompáñeme arriba —me interrumpe.

Sin esperar a mi reacción, enfila la escalera. La sigo pensando que le ha molestado que le cuente esos detalles personales. Me invita a pasar a su oficina, desde donde se puede ver todo el interior de la tienda. Abajo, su marido está enseñándole a Fujiko distintos pescados. Tami les dice por gestos que esperen unos minutos. Acto seguido, me dice sin preámbulos:

—Está hablando de los trescientos mil yenes, ¿verdad?

Me quedo estupefacto:

—¿Cómo es que conoce esa cantidad?

—Porque Fujiko me confió ese dinero.

Estoy boquiabierto.

—¿Cuándo se lo dio?

—Cuando se quedó embarazada de su hijo.

Me mira a los ojos. Me siento apabullado. Dios mío..., debe de saberlo todo de la concepción de Nobuki. Enmudezco durante unos instantes. Ella espera a que yo recobre la palabra. Finalmente, le espeto:

—Sé que no soy su padre biológico. Hábleme con franqueza.

—En ese caso, me será más fácil contárselo.

Tami lanza una mirada tierna hacia la planta baja, donde su marido charla con Fujiko. Tranquila, comienza a contarme:

—Un mes después del concierto de Matsue, Fujiko me llamó para anunciarme su embarazo. Me quedé sorprendida, porque se proponía divorciarse de usted, como le conté el otro día por teléfono.

—...

—Lo que más me extrañó fue que no fuera usted el padre del bebé. Según ella, fue producto de un accidente con un conocido suyo. No daba crédito a lo que oía. ¡Que una mujer tan decorosa como ella hubiera tenido semejante aventura!

—¿Supo quién era ese conocido?

—No. ¿Lo sabe usted?

Consternado, niego con la cabeza. Tami prosigue:

—Como es natural, Fujiko estaba alterada. El «conocido» le había dado dinero para que abortara inmediatamente. La palabra «abortar» me aterró. Le aconsejé: «Divórciate de tu marido y sigue adelante con el embarazo. A mi marido y a mí nos encantará adoptar al bebé». Me contestó: «Me lo pensaré».

Atónito, pienso: ¿divorciarse de mí y dejar que una pareja amiga adopte al bebé porque quizá yo no era el padre biológico? ¡Menudo embrollo! Tami prosigue:

—Un mes después de llamarme, Fujiko vino a verme. Me dijo: «He decidido quedarme con el bebé. Mi marido no duda de que él es el padre y me anima a tener a la criatura a pesar de mi edad».

Revivo la escena en la que Fujiko intentaba

dejarme decidir sobre su embarazo, mientras yo estaba desorientado por la palabra «abortar» que acababa de pronunciar. Tami continúa:

—Venía a entregarme los trescientos mil yenes que había recibido. Quería que los ingresara en mi cuenta.

—¿Por qué no se los devolvió a su «conocido»?

—Porque le había prometido abortar.

Murmuro:

—O sea que Fujiko ha olvidado en manos de quién estaba ese dinero...

—Eso parece. Pero lo raro es que recuerde el nombre del banco.

Tami abre un cajón de su escritorio cerrado con llave. Saca una hoja de papel. La despliega y me la tiende:

—Mire, señor Niré.

Reconozco de inmediato la letra de mi mujer. Un mensaje muy corto:

> Querida Tami:
>
> Utilízalo para los huérfanos, por favor.
>
> Fujiko

Alzo los ojos:

—¿Los huérfanos?

—Sí. Por aquella época empezábamos a contratar empleados. El primero fue un muchacho de dieciocho años criado en un orfanato. Era un trabajador excelente. Desde entonces contratamos a jóvenes provenientes de esa institución. Y cada vez que un empleado tiene un bebé, utilizamos el dinero para hacerle un regalo útil.

La escucho cabizbajo. Tami saca del mismo cajón un fajo de papeles. Son facturas de cosas, como una camita, un cochecito, una sillita de coche, etcétera. Esas palabras me emocionan.

—Nuestros empleados son maravillosos. Pronto nos retiraremos del negocio y se lo dejaremos a ellos.

Me sonríe con orgullo. Veo que, abajo, Fujiko está charlando con una joven empleada. Tami concluye:

—De modo que Fujiko le ha confesado que no es usted el padre biológico de Nobuki... Me alegro. Una cosa así se hubiera descubierto tarde o temprano, y no habría sido agradable que se enterase usted por una tercera persona.

No reacciono. Tami ignora que mi mujer no me reveló ese secreto cuando todavía estaba lúcida, y que yo me he enterado recientemente, debido a su obsesión por devolverle el dinero a Rei Miwa. Las palabras del señor B. resuenan en mis oídos: «A mi entender, más vale no remover esas cosas».

Tami me pregunta:

—¿Su hijo sabe todo esto?

Niego con la cabeza. Ella murmura:

—Ya...

Vuelve a meter los papeles en el cajón y lo cierra con llave. Le doy las gracias. Me dirige una débil sonrisa. De nuevo, miro hacia abajo. Su marido está mostrándole a Fujiko unos gruesos pescados rojos en una banasta. Tami los llama:

—¡Venga, vayamos a comer!

Fujiko se vuelve hacia nosotros y agita la mano.

Regresamos a la residencia sobre las seis de la tarde.

Mientras que yo sigo trastornado por nuestro día en Matsue, Fujiko parece radiante y exclama una vez más:

—¡Gracias, Tetsuo-*san!* Es usted muy amable.

Lleva los trescientos mil yenes en el bolso. Debería cerciorarme de que va a dejarlos en un sitio seguro, pero estoy demasiado cansado, y no me veo con ánimos.

—Fujiko-*san,* voy a descansar un rato. Bajaremos dentro de una hora al comedor.

Acepta dócilmente y sale al balcón con su cesta de costura. Yo entro en mi rincón, delimitado por los biombos.

Me echo en mi cama. Cierro los ojos y respiro hondo. Me viene a la mente un recuerdo: estoy contemplando una foto de Fujiko a los veintisiete años. Oigo las palabras entusiastas de la pareja que me ha propuesto un *miai* con ella: «La señorita Kajiyama es humilde, responsable, simpática. ¡Agradará también a sus padres!».

Era a comienzos de los años setenta. El matrimonio por *miai* era muy corriente por entonces, y también que en una misma casa convivieran dos, tres y hasta cuatro generaciones. Mis padres contaban con que su hijo único viviría con ellos después de contraer matrimonio, y a mí me parecía bien esa idea. Por lo tanto, para mí era importante elegir a una mujer que se llevara bien con ellos.

Fujiko se había convertido en una madre y una nuera ideales. Se ocupaba magníficamente de nuestros hijos. Mis padres la adoraban, sobre todo mi madre, que la trataba como a una hija. Cuando mi madre o mi padre enfermaban, Fujiko los cuidaba con abnegación. Nuestros vecinos me decían: «¡Qué suerte tener una mujer así! Si la haces llorar, recibirás un castigo».

Aun así, mantuve una relación adúltera con N. Sin duda, a Fujiko eso la afectó mucho. Ella tuvo una aventura de una noche con un músico famoso. Así y todo, las consecuencias de las dos infidelidades no fueron las mismas. Mi relación con

N. concluyó sin complicaciones. Fujiko tuvo a Nobuki, cuyo padre no soy yo. Debía de sentirse sumamente culpable. No puedo echarle en cara que se explayara con su amiga íntima, Tami.

Las palabras de N. cuando le anuncié que mi mujer estaba embarazada —«Accidente o no, el bebé probablemente se ha concebido para salvar vuestro matrimonio»— cobraban ahora un eco extraño, porque yo nunca había pensado en divorciarme. Pero es posible que N. creyera que Fujiko albergaba dudas sobre mi fidelidad y se planteaba divorciarse de mí. Cosa curiosa, en casa todo el mundo se sentía bien: mis padres, mi mujer y nuestras hijas. De habernos divorciado, quien hubiera tenido que marcharse habría sido yo, no ella.

Nobuki me ha revelado recientemente que su madre tenía previsto vivir sola después de mi jubilación. Sin nuestros padres ni nuestros hijos, a Fujiko debía de amedrentarla el futuro, sola conmigo. Además, la entristecía que nuestro hijo no quisiera vivir con nosotros después de casarse. Debía de sentirse vacía a mi lado, pues apenas compartíamos nada. Entretanto, comenzó a mostrar los primeros síntomas de alzhéimer. ¿Acaso sobrevino su enfermedad para salvar una vez más nuestro matrimonio?

Desde que he vuelto a ser su novio, Fujiko está tranquila y me repite sin cesar: «Gracias Tetsuo-*san*. Es usted muy amable». Su tono es sincero. Lo que no era el caso antes, cuando estaba lúcida. ¿Aceptará «casarse» conmigo? Si aceptara, será mi última oportunidad para crear un buen vínculo conyugal con ella.

Me adormezco un poco. Cuando me despierto, siento que ha remitido mi cansancio.

Bajo de la cama con un bostezo. Fujiko no está en la habitación. Me acerco al ventanal de puertas correderas. Sigue en el balcón, sentada en su silla. Con su ganchillo en la mano, observa a la gente que se dirige hacia la entrada de la residencia. Al abrir la puerta corredera oigo las cigarras. Jiii..., jiii..., jiii.

Amanece. Los gorriones pían.

Me despierto sobre las siete y media. Fujiko debe de dormir todavía. Salgo de mi rincón muy despacito. Para mi sorpresa, ya está en pie, vestida para salir. ¿Adónde va?

Me saluda, alborozada:

—¡Buenos días, Tetsuo-*san!* Es domingo. Voy a ver al señor Miwa y a devolverle el dinero, ¡por fin!

Lleva el calendario en la mano. La fecha está señalada con un círculo rojo. Es un milagro que se acuerde de mi promesa.

—Sí, lo veremos, no hay duda.

—¡Muchas gracias, Tetsuo-*san!*

Observo durante unos instantes su expresión inocente. El domingo pasado, durante el desayuno, confundió al señor J. con Rei Miwa. En vez de corregirla, le prometí que lo veríamos en el centro cultural al domingo siguiente, cuando dirigiría a una orquesta de aficionados. Intrigado, me pregunto: ¿estará mejorando de su alzhéimer?

Telefoneo a Nobuki y le confirmo que asistiremos a ese ensayo tan especial. Se lleva una alegría:

—El señor Miwa dirigirá solamente el concierto de Rodrigo, en el que yo toco como solista. Empezará a las tres. Los demás fragmentos vendrán después.

—¿Habrá muchos oyentes?

—Sí, bastantes, sobre todo músicos profesionales, que quieren oír sus consejos.

Anuncio, a mi pesar:

—Estaremos allí para admirar al señor Miwa.

Mi hijo se ríe:

—Nadie os preguntará quiénes sois.

Hacia las dos de la tarde nos ponemos en marcha. El sol pega fuerte. Tomamos el autobús. Durante el trayecto, Fujiko no abre la boca. Parece un poco tensa, y sostiene con firmeza el bolso que contiene los trescientos mil yenes.

Yo estoy nervioso, preocupado por cómo abordaré a Rei Miwa. Es un hombre muy solicitado. Después del ensayo, sin duda se marchará enseguida. Tendré que pillarlo en un momento propicio para presentarnos.

Preparo mentalmente una posible introducción: «Buenas tardes, señor Miwa. Permítame que nos presentemos. Somos admiradores suyos. Por desgracia, mi esposa padece la enfermedad de alzhéimer. Aun así, conserva un buen recuerdo de usted. Cree haber pasado una noche de luna llena con usted, y haberse quedado embarazada. Usted le dio dinero para abortar, pero al final dio a luz. Como no utilizó ese dinero, insiste en devolvérselo...».

Llegamos al centro cultural. Hace años que no lo piso. La última vez fue para asistir a la conferencia de un economista. Nobuki me ha contado que los miembros de la orquesta ensayan aquí los domingos y ofrecen un concierto dos veces al año.

En la recepción, me informo sobre el lugar del ensayo. La encargada nos explica, solícita:

—Se hará en el auditorio. Por razones de seguridad, se ruega a cada visitante que escriba aquí su nombre y su dirección.

Me tiende un formulario en el que figuran ya una veintena de nombres. Entre ellos distingo los de nuestros vecinos de planta, el señor y la señora B. En el caso de mi mujer, que se cree una joven soltera, su apellido es Kajiyama. Sin embargo, no puedo mentir acerca de nuestras identidades, y menos aún siendo residentes de esta ciudad. Sin mostrarle el formulario, anoto «Tetsuo Niré» y «Fujiko Niré». La recepcionista nos mira:

—¿Son ustedes parientes de Nobuki Niré, el guitarrista?

Aturdido, no sé qué contestar. Fujiko le contesta con toda naturalidad:

—No, señora. Somos conocidos del señor Miwa.

La recepcionista esboza una amplia sonrisa y nos tiende dos entradas que ostentan la palabra «visitante».

Al abrir una gruesa puerta acolchada, nos inundan los sonidos de diversos instrumentos. Han bajado las luces de la sala. En el escenario iluminado, cada uno practica a su modo. Nobuki está a la izquierda del podio del director. Está ajustando las cuerdas de su guitarra.

Nos sentamos en una fila situada más o menos en el centro. La mayoría de los asistentes se han situado cerca del escenario. Probablemente son músicos, como me había dicho Nobuki. Un poco apartados, diviso al señor y a la señora B. con un hombre de mediana edad, tal vez su hijo. Ese matrimonio se alegraría de vernos aquí, pero espero que no nos vean.

Cesa la cacofonía. Rei Miwa sube al escenario por la escalerilla que queda a la derecha. Aunque tiene más de ochenta años, su paso es ligero. El cabello plateado, el cuerpo armonioso, un rostro hermoso y distinguido... No cabe duda de que es el padre de Nobuki. El corazón me late con fuerza. Desvío la mirada hacia Fujiko, que permanece impasible. Un miembro de la orquesta recibe al maestro.

—¡Señor Miwa, es un gran honor para nosotros!

A continuación suenan efusivos aplausos. El director invitado saluda a todo el mundo: se le oye bien a pesar de que no hay micrófono. Tras intercambiar unas palabras, el responsable le presenta a mi hijo:

—Éste es nuestro guitarrista, Nobuki Niré.

Nobuki se levanta. Rei Miwa le estrecha la mano y le pregunta:

—¿Desde cuándo toca usted?

—Desde los trece años. En realidad, elegí la guitarra escuchando este concierto de Rodrigo.

—¿Sus padres también son músicos?

—No, en absoluto. Pero me animaron a ir a clases, sobre todo mi madre.

El director sigue preguntándole. Sólo lo veo de perfil, pero detecto en él una leve agitación. En efecto, se parece a Nobuki. ¿Sienten el uno hacia el otro algo inusual?

Rei Miwa sube al podio. La sala enmudece por

completo. Siento palpitaciones. Miwa hace una seña en dirección a Nobuki. El concierto arranca con un solo de ritmo alegre. Tiemblo. ¡Qué vivacidad! Sin darme cuenta, rozo la mano de Fujiko, que se vuelve hacia mí con una expresión inesperada. Olvidaba que para ella soy su novio y que Nobuki no es su hijo. Temo que se sienta ofendida. Pero no, posa dulcemente una mano sobre la mía.

Prosigue la guitarra. Sin despegar la mirada de Nobuki, el director mueve apenas la batuta. Al poco se unen unas flautas y unos oboes, luego unas cuerdas. No hay interrupción. No sé cuántos minutos dura eso, pero estoy totalmente atrapado por la música y la armonía. Fujiko escucha en silencio, sin soltarme la mano.

Concluye el primer movimiento. Rei Miwa declara con entusiasmo:

—¡Formidable! La mejor orquesta de aficionados que he oído. Tienen ustedes una gran vitalidad y una sensibilidad extraordinaria.

Los músicos sonríen encantados.

Luego se dirige a Nobuki:

—Señor Niré, posee usted un gran talento. Su interpretación es emocionante.

Mi hijo le contesta alborozado:

—Muchas gracias, señor Miwa, pero es un trabajo en equipo. Todos los músicos nos concertamos muy bien.

El maestro retoma varios pasajes y va dando consejos. Eso dura unos cuarenta minutos. A continuación, pasa la batuta al director aficionado, desciende del escenario y se sienta entre el público. La orquesta prosigue la actuación con el solo de Nobuki. Toca todavía mejor que antes. Me emociono de nuevo, orgulloso de él. Tan sólo veo a Rei Miwa de espaldas. Permanece inmóvil.

La música concluye. El maestro exclama:

—¡Excelente!

De nuevo, el responsable de la orquesta le da las gracias y todo el mundo aplaude. Pienso que alguien va a acompañarlo hasta la salida. No, Rei Miwa alienta a los músicos a proseguir. Acto seguido recoge su cartera y se dispone a abandonar la sala. ¡Ya está, ahora está solo!

Me incorporo y susurro a Fujiko:

—Vamos. Es el momento de abordarlo.

No reacciona. Insisto tirándole de la mano:

—¡Dese prisa! Hay que aprovechar la ocasión. Por fin podrá devolverle el dinero.

Se niega a levantarse. No lo entiendo. Alzo un poco más la voz:

—¿Qué ocurre?

—No es el señor Miwa.

—¿Cómo?

—No es tan mayor. Se ha equivocado usted.

Me quedo estupefacto. Ella me mira como si tal cosa.

—Regresemos a casa, Tetsuo-*san* —propone.

Me vuelvo hacia la salida. El maestro ya ha desaparecido.

Estamos saliendo del centro cultural.

Mi mujer camina lentamente. Decepcionado, no ceso de suspirar: esta historia no acabará nunca... Ella se detiene en la escalera de hormigón y mira en derredor.

—¿Qué ocurre, Fujiko-*san*?

—¿Dónde estamos?

—Estamos delante del centro cultural de nuestra ciudad. Acabamos de oír una maravillosa pieza de Rodrigo.

Fujiko murmura:

—Ah, Rodrigo.

—Sí, su concierto para guitarra.

—¿Quién era el guitarrista?

—Nobuki Niré.

—No lo conozco.

Evidentemente, no le digo que es nuestro hijo.

Me abstengo también de pronunciar el nombre de Rei Miwa.

Llegamos a la parada del autobús. No hay nadie. Tenemos que esperar quince minutos hasta el siguiente. Todavía brilla el sol. Permanecemos a la sombra de un gran pino.

Jiii..., jiii..., jiii... Una cigarra estridula. Fujiko alza los ojos hacia lo alto del árbol:

—Esa *abura-zemi* está sola.

Callamos. Al poco, le pregunto:

—¿Cómo puede gritar tan fuerte un insecto tan pequeño?

—No grita, Tetsuo-*san*. Frota las alas y hace vibrar el vientre, como un diapasón.

—Ah, no lo sabía.

Me asombra su precisa explicación. Prosigue:

—Intenta atraer a una hembra. Esperemos que encuentre una.

—¿Las cigarras que cantan son machos?

Fujiko asiente.

—Esos insectos vienen a ser como nosotros —continúo yo—. Se encuentran para poder reproducirse.

No reacciona. Pienso en lo que me ha contado sobre las *abura-zemi*. Esas cigarras viven bajo tierra cinco o seis años, y después, si tienen la oportunidad, un mes en la superficie. Un mes es muy poco tiempo, pero quizá para un humano eso equivalga a ochenta años. Fujiko escruta de nuevo la copa del árbol:

—Esa cigarra morirá pronto.

—Así es la vida. Igual que nosotros.

Murmura:

—Tetsuo-*san*...

—¿Sí?

—Nosotros no somos cigarras. No quiero que nos casemos sólo para tener hijos.

—¡Por supuesto, Fujiko-*san!*

Por fin sonríe. No obstante, me siento incómodo. Como la mayoría de los hombres, me casé con el objeto de tener hijos. Los dos abortos naturales de Fujiko me entristecieron mucho. Por fortuna, tuvimos la suerte de tener tres hijos. El nacimiento del último, Nobuki, me complació particularmente. Había deseado tanto tener un hijo varón. Qué ironía que no sea mi hijo biológico.

Mi mujer me pregunta:

—Vivir, ¿qué significa para usted?

Su semblante muestra una expresión seria. Por un instante, olvido que padece de alzhéimer.

—Fujiko-*san*, esa es una gran cuestión filosófica. Demasiado amplia para contestarla en pocas palabras. ¿Cuál es su parecer?

—Para mí es amar y ser amado. Si nos casamos, quiero que nos amemos toda la vida.

Es domingo. Cae una lluvia suave.

Esta mañana, Nobuki me ha telefoneado y ha vuelto a hablar del ensayo final que tendrá lugar esta noche. Estaba excitado como un niño recordándome el concierto de la semana que viene. De nuevo, le he prometido asistir con su madre.

Después de la comida nos relajamos en el balcón. Sentada en su silla, Fujiko hace un cuadrado a ganchillo, como de costumbre. De vez en cuando lanza una mirada hacia el portal de madera de la residencia. A la izquierda de éste hay plantados grandes girasoles. Tiemblan levemente, con la cabeza encorvada. Leo un artículo sobre música clásica en una revista que he comprado hace un rato en una librería cercana.

Durante un instante, observo el pino que roza el balcón. Con la lluvia, las cigarras guardan silencio. Me acuerdo de la cigarra que nuestra nieta soltó en una rama. Quizá ya haya muerto. Me pregunto si era macho o hembra, y si ha conseguido copular.

Una brisa fresca me roza la piel. El verano pronto tocará a su fin. Este año ha vuelto a hacer calor. Por fortuna, la canícula, al igual que la lluvia, no dura eternamente. Pienso en Nobuki. Su voz resuena en mis oídos: «¡Papá, papá!». Es mi hijo. Soy su padre. Es mi hijo. Soy su padre. Y ya está.

De repente, Fujiko exclama:

—¡Está ahí!

Fujiko está mirando hacia abajo.

—¿Quién?

Señala el portal con el dedo. Se oye un ruido regular. Alguien camina tirando de una maleta hacia la entrada del edificio. Un paraguas negro le oculta el rostro. ¿Cómo puede reconocerlo Fujiko? Ase su cesta de labores y se levanta:

—Tengo que ir a verlo.

Vuelvo a preguntarle, intrigado:

—¿A quién?

—¡Al señor Miwa!

No salgo de mi asombro. ¿Viene aquí realmente el director de orquesta? No es posible. Fujiko entra en la habitación. La sigo, confuso. Se desliza tras los biombos y reaparece con un sobre oscuro. Es el sobre con los trescientos mil yenes que le entregué en la caja de crédito M.

—¡Por fin voy a poder devolverle el dinero! —exclama.

Parece decidida. Yo estoy desconcertado. ¿Qué debo hacer? Las palabras de la enfermera Y. me vuelven a la mente: no hay que intentar convencerla, sino aceptar lo que cuente. Exclamo:

—¡El señor Miwa ha venido a verla! La acompaño abajo.

Está excitadísima:

—Gracias, Tetsuo-*san*. ¡Bajemos enseguida!

Acudimos a la planta baja en ascensor. Fujiko aprieta celosamente el sobre contra el pecho. Se le ilumina la mirada por momentos. Yo sigo intrigado. ¿Quién es el visitante? ¿O es un residente? Fujiko se precipita hacia la entrada con paso decidido.

Diviso a la enfermera Y. y a un hombre vestido de calle. Éste sostiene en una mano un paraguas negro y en la otra una maleta. No le veo el rostro. Fujiko lo llama:

—¡Señor Miwa!

El hombre se vuelve hacia nosotros. ¡Pero si es el señor J.! Recuerdo que había ido a Montreal a investigar sobre su padre biológico. Así pues, acaba de regresar. Mi mujer se acerca a él. Sin saber qué hacer, me quedo quieto. La enfermera Y. la saluda:

—¡Hola, Fujiko-*san!*

Fujiko la ignora y se dirige al señor J.:

—Señor Miwa, hacía tiempo que lo buscaba.

Evidentemente, el hombre está desconcertado. La enfermera parece preguntarse cómo reaccionar. Fujiko prosigue:

—¡Me alegro mucho de volver a verlo! ¿Sigue usted dirigiendo orquestas?

El señor J. me interpela con la mirada: «¿Es su mujer?». Le indico que sí. Él sabe que padece de alzhéimer, como su difunta esposa. Contesta:

—Hola, Fujiko-*san*. Yo también me alegro mucho de verla. He estado en Montreal dirigiendo una orquesta sinfónica. Ha sido maravilloso. ¿Qué tal está?

—Estoy muy bien, gracias.

—¿Por qué me buscaba?

—Quería devolverle el dinero.

El señor J. duda:

—¿El dinero?

—Sí, el dinero que me dio para abortar. No lo utilicé, porque di a luz.

La enfermera pone los ojos en blanco, atónita. El señor J. parece desconcertado. Le indico con una mirada que le siga el juego. Exclama:

—¡Fujiko-*san*, al final dio usted a luz!

—Sí, señor Miwa. Fue una niña. La llamé

Kyōko. Por desgracia, murió de un tumor cerebral.

—Lo siento. Debió de ser muy duro para usted.

—Sí, muy duro. Tuve que obligarme a creer que era su destino.

—Lamento no haberme enterado. —El señor J. baja la cabeza.

Fujiko le replica cariñosamente:

—No es culpa de nadie, señor Miwa. Nuestra hija disfrutó de la vida hasta sus últimos minutos.

—¿A qué edad murió?

—Tenía treinta y siete años. Era muy guapa, brillante, y muy popular.

—¿Tuvo hijos?

—Sí, una hija. La tuvo cinco días antes de morir. El nacimiento de ese bebé fue milagroso.

El señor J. murmura:

—Qué valor.

—Sí, Kyōko era de lo más valiente. Estoy muy orgullosa de ella.

Ambos guardan silencio durante unos instantes. La enfermera y yo los miramos sin interrumpirlos. Luego Fujiko tiende al señor J. el sobre en el que aparece escrito en *hiragana* «Para el señor Rei Miwa».

—¿Qué es?

—Es el dinero que quería devolverle. Hay trescientos mil yenes.

Él lo rechaza de inmediato:

—No, no puedo aceptarlo. Quédeselo usted. Ella le suplica:

—No, señor Miwa. Se lo ruego. Esperaba esta ocasión desde hace mucho para quedarme en paz.

De nuevo el señor J. me lanza una mirada interrogante y le indico que acepte. Un poco incómodo, le contesta:

—Si tanto insiste usted...

—¡Ah, por fin! Se lo agradezco de veras.

Parece realmente agradecida. Él toma el sobre. La enfermera me sonríe, aliviada. En ese momento, Fujiko se vuelve hacia mí:

—¡Tetsuo-*san*, venga usted!

Me acerco torpemente. Ella me toma la mano y me presenta al señor J.:

—Es mi prometido, Tetsuo Niré. Es muy amable.

A eso de las seis de la tarde deja por fin de llover. El cielo se despeja poco a poco.

Después de cenar, Fujiko toma un baño y se acuesta antes que de costumbre. Yo leo durante media hora y me ducho. En el momento en que salgo del cuarto de baño, suena el teléfono. Es el señor J. Sin más preámbulos, me propone.

—Señor Niré, ¿podemos vernos unos minutos en el salón? Quisiera devolverle el dinero.

—De acuerdo, enseguida bajo.

Vuelvo a vestirme. Fujiko debe de dormir profundamente. Por lo general, una vez que se acuesta, no se despierta hasta la mañana siguiente. No obstante, dejo por precaución la tarjeta plastificada indicando: «Estoy en el salón». Luego abandono la habitación con pasos sigilosos.

En el salón, el señor J. me espera en una mesa

apartada. En otra mesa conversa un grupo de residentes. Me siento, saludándolo.

—Lamento que lo hayamos importunado esta tarde.

—No faltaba más. Estaba acostumbrado a las fantasías de mi esposa.

Sonríe amistosamente. Eso me tranquiliza. Me alarga el sobre oscuro. Reitero mi agradecimiento.

—Fujiko-*san* es muy generosa —bromea—. Trescientos mil yenes es lo que me ha costado el viaje a Montreal.

—Me ha admirado su rápida reacción. Ella realmente ha creído que usted era Rei Miwa. Se ha quedado muy contenta, y esta noche se ha dormido enseguida.

—¡Mejor! La enfermera me ha felicitado por mi interpretación. Podría hacerme actor. Francamente, me ha halagado que me tomara por ese director.

—Mi mujer le confunde con él desde que lo vio a usted por primera vez. En cualquier caso, para ella es una larga historia que acaba de concluir.

—Me lo imagino. La mía se inventaba toda clase de cosas absurdas. Al principio eso me causaba contrariedades. Me presentaba a nuestros vecinos: «Éste es mi suegro». Usted por lo menos tiene la suerte de ser su novio. Es estupendo, a su edad.

—Todos nuestros conocidos esperan el día de nuestra boda —bromeo.

Se ríe:

—¿Por qué no? —Tras un instante prosigue—: Yo, por ignorancia, corregía a mi esposa cada vez que decía un disparate. Se enfadaba conmigo. Su estado se degradaba, evidentemente. El alzhéimer es una enfermedad complicada. Sin ayuda profesional, no se debe intervenir.

—Desde luego. Los consejos de nuestra enfermera me ayudan mucho.

—Muy bien. —Después continúa—: El último año, mi mujer ya no me reconocía. Me deprimía cada vez que me preguntaba quién era yo. Y cuando comprendí que debíamos construir una nueva relación, era demasiado tarde.

Asiento con la cabeza. El señor J. habla de su experiencia. Debe de sentirse muy solo. Al oírlo, no puedo evitar imaginar mi futuro. Finalmente, me habla de su viaje a Montreal. Da la impresión de que le ha gustado mucho la ciudad. Luego anuncia con una sonrisa:

—Mis pesquisas sobre mi padre biológico han sido todo un éxito.

Me inclino hacia él. Recuerdo muy bien su

historia: su madre había tenido una aventura de una noche con un guapo extranjero que la había dejado embarazada. Si el señor J. no se hubiera hecho una prueba de ADN, su madre no le habría confesado nunca esa infidelidad.

—¿Lo ha encontrado usted?

—No, murió hace ocho años, en Israel. Era judío polaco. Y comerciante, como yo. En Montreal regentaba una tienda de ropa femenina. Se había divorciado hacía años, según me ha contado el nuevo dueño.

—¿Tenía... otros hijos?

—Sí, dos hijas. Ellas y su madre viven ahora en Europa.

—¿Le gustaría verlas?

—No, he cerrado mi investigación.

—¿Ah, sí?

—Al fin y al cabo, soy el fruto de un breve amorío entre dos desconocidos. Mi auténtico padre es el que me ha educado, aquel al que siempre he llamado papá.

Se le ve tranquilo. Yo permanezco callado. Si alguna vez Nobuki se hace una prueba de ADN y su madre le cuenta su relación con Rai Miwa, comprenderá que el director de orquesta es su padre biológico. ¿Cuál será su reacción con respecto a mí y a su hermana Anzu?

El señor J. añade:

—Vale más ser discreto en este tipo de situaciones. Así lo veo ahora.

Observo su rostro con sentimientos encontrados. Sigue hablando de su viaje a Montreal y me incita a viajar allí con Fujiko. Cuando consulto el reloj, son ya las once. De nuevo le doy las gracias y le propongo que salgamos un día juntos. Acepta con gusto.

Vuelvo a mi habitación.

Fujiko está durmiendo. Tengo ganas de respirar un poco de aire fresco. Debido a la lluvia, no he salido en todo el día. Abro muy despacio la puerta corredera. La luna llena ilumina el jardín.

Una brisa fresca me despierta. Acostado de lado, no veo más que una pared blanca. Durante un instante, me creo en un hospital. No, es un biombo. Estoy en nuestra habitación de la residencia. Los gorriones pían. Se me aclara la mente.

Distraído, pienso en el extraño sueño que acabo de tener. Todo el mundo estaba en la sala de actos de la residencia. La enfermera nos ha presentado, a Fujiko y a mí, ante los espectadores. Teníamos que ejecutar un nocturno de Chopin. Ella al violín y yo al piano, como el señor y la señora B. Ni Fujiko ni yo sabemos tocar esos instrumentos. Me daba auténtico miedo rozar el teclado. Después se ha producido un milagro. Lo hemos interpretado de maravilla. Fujiko me tuteaba y me llamaba «cariño».

Imagino que las personas aquejadas de alzhéimer también tendrán sueños. Sólo que no los recuerdan. De todas formas, raras veces nos contábamos nuestros sueños cuando ella estaba lúcida. Tengo curiosidad por saber cómo aparezco ahora, en su inconsciencia. ¿Soy su marido o su novio?

Ha transcurrido una semana desde que Fujiko devolvió el dinero a «Rei Miwa». No ha vuelto a hablarme de él. A veces se cruza con el señor J., pero no reacciona; es como si nunca hubiera ocurrido nada. El drama parece haber tocado a su fin.

Nuestra vida de pareja continuará hasta que uno de nosotros fallezca. Pienso en la posibilidad de que también yo tenga alzhéimer. ¿Estaré de buen humor, como ella, o enfadado con los que no me entienden? Si por entonces ella todavía vive, sin duda nuestras conversaciones serán disparatadas. Quizá yo le declare: «Estoy soltero». Y quizá ella me replique: «¿Cómo? ¡Si acabamos de casarnos!». Podría resultar cómico. Me viene una sonrisa a los labios.

Jiii..., jiii..., chacha..., cha... Es una *kuma-zemi*. Seguramente estará en el pino que roza nuestro balcón. Ya no canta tan fuerte como antes. El verano toca a su fin, la estación de las cigarras también. Canturreo para mis adentros la canción de Fujiko:

Semi, semi, semi, ¿dónde te ocultas?
Después de tantos años bajo tierra,
sólo te quedan unas semanas al aire libre.
¿Acaso añoras tu largo pasado
en la oscuridad?

Algunas personas creen que el alma, al morir, abandona el cuerpo y parte a otro mundo donde uno no tiene preocupación alguna. Si eso fuera cierto, morir no estaría tan mal. Imagino a una cigarra saliendo de su caparazón tras la muda. La vida de esos insectos al aire libre no dura más que un mes. ¿Es para ellos el paraíso o bien un lugar de tránsito?

Bostezo. Al volverme, me quedo sorprendido. Fujiko está erguida en camisón al pie de mi cama. Desde que instalaron los biombos no había entrado nunca en mi rincón. ¿Es mi esposa o mi novia?

—Tetsuo-*san*...

—¿Sí? —respondo comprendiendo que sigue tomándome por su novio.

—Tengo un regalo para usted. ¿Podría aceptarlo?

—Por supuesto, Fujiko-*san*.

—Espere un momento, por favor.

Entonces pasa a «su» lado de la habitación y vuelve con algo de colores. Me incorporo. Me lo tiende con sumo cuidado. Es un bonito *patchwork*. Comprendo enseguida que lo ha confeccionado con sus cuadrados de ganchillo. Me ayuda a desplegarlo y extenderlo sobre mi manta. Es una colcha. Roja, azul, amarilla, blanca, rosa, violeta... Esos colores me espabilan por completo.

—¡Qué bonita, Fujiko-*san!* Gracias.

—La he terminado esta mañana.

—¿Ha trabajado toda la noche?

—Sí.

—Estará cansada ahora.

—Sí, tengo sueño.

Sin pensarlo, levanto mi sábana:

—Venga aquí, Fujiko-*san*.

De pronto, le brilla la mirada. Su expresión es la de una muchacha en la flor de la juventud. Se desliza torpemente bajo mis sábanas y hunde la cara en mi cuello. La estrecho entre mis brazos. Permanece inmóvil. Le acaricio suavemente su cabello gris. Cierra los ojos. Le corren lágrimas por las mejillas. Le susurro al oído:

—Fijemos la fecha de la boda.

Asiente con la cabeza y se duerme.

Glosario

Abura-zemi: especie de cigarra.

Half: mestizo.

Hanko o *inshō:* sello de un nombre personal o público que se utiliza para validar documentos.

Hiragana: escritura silábica japonesa.

Hiyashi-chūka: plato japonés de fideos fríos cubiertos de distintos aderezos frescos.

Kanji: sinogramas japoneses.

Kuma-zemi: especie de cigarra.

Miai: encuentro convenido con vistas a un matrimonio.

Minmin-zemi: especie de cigarra.

Natsumero: canciones populares de los años 1930 a 1950.

Onigiri: bola de arroz, generalmente envuelta en *nori* (hoja de alga seca).

San: sufijo cortés equivalente a señor, señora o señorita.

Semi: cigarra.

Soroban: ábaco japonés.

MAXI
TUSQUETS
EDITORES